五十嵐雄策

ぼくたちのなつやすみ

過去と未来と、約束の秘密基地

Bokutachi no Natsuyasumi

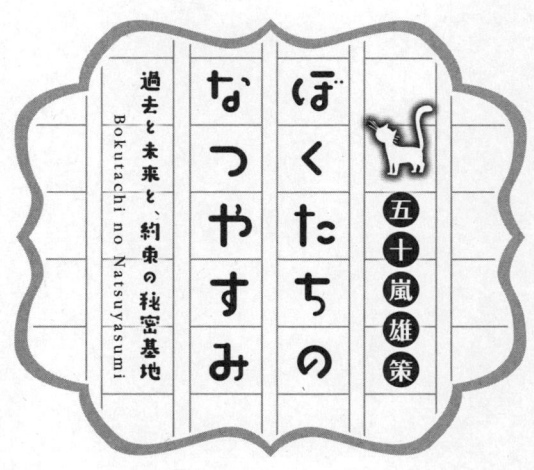

Bokutachi no Natsuyasumi
Prologue
プロローグ
Bokutachi

息を切らして走り回った真夏の昼下がり。

永遠に思えるほど長かった一日。

クワガタのいる木を見つけた時の興奮。

青空に鮮やかに映った影送り。

それらを再び体験することができるなんて——夢にも思わなかった。


海猫が鳴く声。遮《さえぎ》るもののない日射し。潮《しお》が混ざったベタついた風が全身を包む。

小学校の横を通り過ぎると子どもの笑い声が耳に届いた。見れば校庭で鬼ごっこをする子どもたちの姿。昼休みなのだろうか。額《ひたい》に汗を浮かべて、屈託《くったく》のない笑顔で校庭中を所狭しと走り回っている。昔は自分もあの中にいたのだと懐《なつ》かしい思いに駆《か》られ、自然と視線が引き寄せられた。

「ほらまてよー！」

「つぎはおまえが鬼だろー！」

俺《おれ》がこの町を最後に訪れたのは、今からおよそ二十年前のことだった。

まだまだガキだった、小学校三年生の夏。

子供の頃《ころ》、父方の実家があるこの町には、夏休みになる度《たび》に遊びに来ていた。

父方の実家には祖母と叔父《おじ》家族がいっしょに暮らしていて、どちらも自分のことをとても可愛《かわい》がってくれていた。俺にとって叔父家族は第二の家族と言ってもいいくらいだ。従姉妹の久美ちゃんとは将来結婚の約束をしていたくらいの存在であり、父と母が帰った後も一人夏休みの最終日まで残るのが通例となっていた。それは俺が五歳の時から毎年続けられていたことで、年中行事の一つにもなっていた。

だけど二十年前の冬に祖母が亡《な》くなってしまい、さらにはその半年後に仕事の都合で叔父家族が北海道に引っ越すことになってしまってからは、それも途絶えてしまった。

以来一度もこの町を訪れていない。

だからこの町に対する俺の記憶も、二十年前で止まっている。

「こんなに狭かったっけか」

二十年の間に町はすっかり様変わりしてしまっていた。

夏休みの間に毎日のように通っていた駄菓子屋《だがしや》はなくなり、コンビニになってしまっている。無人駅で夜の八時には閉まってしまっていた最寄《もよ》り駅には、小さいながらも自動改札が設置されている。どこまでも続くと思われていた青々とした田んぼの風景は、駐車場に取って代わられてしまっている。

十年一昔《じゅうねんひとむかし》と言うけれど、二十年ということは二昔。生まれたばかりの子どもが成人するほどの期間だ。そりゃあほとんど跡形《あとかた》もないほど変わるわけだ、と妙に納得した。

今回──その二昔ぶりにこの町に戻ってきたのは、結婚式のためだった。

仲の良かった従姉妹《いとこ》の久美《くみ》ちゃん。その久美ちゃんが結婚するという。もちろん相手は俺ではなくてこの町に住んでいる幼馴染《おさななじ》み。二人の思い出が残るこの町で式を挙げたいのだという。

「結婚、か」

子どもの頃の他愛もない約束とは違って、その言葉は今はだいぶ身近にあるものだった。

実際問題友人のほとんどは結婚していたし、両親もまだかまだかと口酸《くちす》っぱく言ってくる。だけど、それはどこかまだ他人事のようだった。何となく現実味がないというか。求職中という今の立場も影響《えいきょう》しているのかもしれない。

そんなことを考えながら歩《ほ》を進めていく。

辿《たど》り着いたのは、町外れにある神社だった。

何を祀《まつ》っているのかは分からない古びた神社。

ここだけは二十年前とあまり変わっていなかった。

色褪《いろあ》せて小豆色《あずきいろ》になった鳥居《とりい》、蜘蛛《くも》の巣が張った拝殿《はいでん》、少しだけ斜めに傾いた賽銭《さいせん》箱《ばこ》。その横にある小さな池や、洞穴までそのままである。

「懐かしいな……」

記憶と違《たが》わぬ風景を見つけ少しだけほっとする。

子どもの頃は、この神社でよく遊んだものだった。

境内《けいだい》で鬼ごっこをしたり、近くにある雑木林《ぞうきばやし》で虫採《むしと》りをしたり、夜中に集まって肝《きも》試《だめ》しをしたり。子どもたちだけでこっそりと拝殿の中に忍び込んだこともあった。

だけど一番記憶に残っているのは、そのどれでもなく、洞穴での思い出だ。

もともとは防空壕《ぼうくうごう》であり、今は立ち入り禁止と書かれたロープが張られているその洞穴の中には、かつて秘密基地があった。

だれもが子どもの頃に一度は作る自分たちだけの隠《かく》れ家《が》。古びたソファやテーブルなどを持ち込んで、そこがまるで自分たちだけの王国になったような気分に浸《ひた》ったものだ。その王国で、いつも俺たちは様々な遊びの計画を練っていた。

――あの頃の記憶はもうだいぶぼんやりとしてしまったけれど、一つだけ印象深く思い出に刻まれていることがある。

それはいつもいっしょにいた、こちらでの友達。

自分を含めた、歳《とし》も性格もバラバラな五人組。

今はもうおぼろげな記憶の中で、その〝仲間〟と秘密基地のことだけは心の片隅《かたすみ》に残っている。

考えてみればあの時以上に心を許せる友達というものは、とうとうできなかった気がする。

もちろんそれなりに仲の良い友人はいた。

中学高校と友達には恵まれていたと思うし、寂しいと感じることはなかった。だけどあの時に感じた、掛け値なしに友情と呼ぶのに相応《ふさわ》しい関係というか、何か性別や年代を越えた連帯感のようなものは、ついぞだれとも共有できなかったと思う。

だけどその四人とも、二十年前の夏以来、会ってはいない。

あの夏休みの最終日に起きたある事件がきっかけで疎遠になって以来、バラバラになってしまったのだった。

「……」

本当は、今回も来るつもりはなかった。あの事件は確実に〝仲間〟の関係に影を落としていたし、求職中という今の自分の立場を考えたら、結婚式という祝いの場にそぐわないと思ったのだ。だけど何かに引き寄せられるように、気が付けば足はこの町へと向かっていたのだった。

「……ん？」

と、そこで何かが聞こえたような気がした。

辺《あた》りを覆《おお》う蟬《せみ》の声に紛《まぎ》れて、かすかに響《ひび》いたか細い動物の鳴き声。

そういえば、と思い出す。

確か俺たちはこの秘密基地で一匹の猫を飼っていたはずだ。大人たちには内緒で〝仲間〟たちだけでこっそりと。名前は何だったたっけか。ニャン五郎《ごろう》じゃなくて、ニャン吉《きち》じゃなくて、そうだ……ニャン太《た》。

橋の下にダンボールに入れられて捨てられていたのを見付けて、皆で秘密基地に連れ帰ることにしたのだ。捨て猫なのによく懐いてくれた。全身ふかふかでもふもふで、抱き上げて頰《ほお》ずりをすると気持ちよかったのを覚えている。あの夏休み、ニャン太はどうしていたんだっけ……

『ニャン太、タッチ！』

ふと、そんな自分の声と、柔らかな感触がよみがえった。それはニャン太と鬼ごっこをしていた時の記憶だった。どうして今……
その時だった。
ふいに強烈な眠気に襲《おそ》われた。
立っているのも辛《つら》いほどの引きずり込まれるような睡魔《すいま》。
「……っ」
近くの木に手をかけて堪《こら》えようとするものの、抗《あらが》えずに膝《ひざ》を着いてしまう。
「何だよ、これ……」
原因は分からない。
だけどその眠気は、圧倒的で、とても抵抗できるものではなかった。
世界がグルグルと回り、視界が急速にぐにゃりと歪《ゆが》んでいく。
つぶいた自分の声がどこか遠くに聞こえたのが最後だったか。
そのまま目の前が真っ暗になった。
意識が完全に闇《やみ》に落ちる直前に、ニャン太の鳴き声を聞いたような気がした。

Bokutachi no Natsuyasumi
Chapter1
第一話
なつやすみ第一週
『カブトムシ神隠し事件』
Bokutachi no Natsuyasumi

1

大合唱するかのような蟬の声がうるさかった。

ミンミンミンミンジージージジミンミンミンミンミン……まるで起きろ起きろと急《せ》かしてくるかのように耳元にやかましく響いてくる。

「ううん……」

頭を振りながら身体を起こす。

着いた手の先にザラザラとした地面の感触がした。細やかな砂利《じゃり》の粒が手の平に食い込む痛みで意識が覚醒《かくせい》していく。あれ、どうして俺はこんなところで寝転がってたんだっけ……？

ぼんやりと記憶がよみがえってくる。

そうだ、確か神社で昔のことを思い返していて……

そのまま眠気に襲われて意識を失ったのだ。

あんな眠気は初めてだった。まるで意識が何かに吸い込まれていくかのような眠気だった。ここ連日の会社回りで疲れていたのかもしれないけれど、それにしてもこんな真っ昼間から倒れるなんて、二日酔いでもあるまいし不健康にも程《ほど》がある。もうそこまで若くもないんだし注意しないとな……と心の中で自分を戒《いまし》める。

まだ少しふらついていたけれど、それ以外には特に怪我《けが》などはしていないようだった。立ち上がって辺りを見回そうとして、

「……ん？」

そこで違和感を覚えた。

何かが違う。

場所は変わらない。意識を失う前と同じ町外れにある小さな神社だ。赤い鳥居があって、拝殿があって、古びた賽銭箱がある。だけど何か視点がいつもと異なるというか、見えてくる景色が違うのだ。

一言では言い表せない奇妙な感覚に困惑していると、ふいに声をかけられた。

「おい、お前こんなところでなにしてんだよ？」

振り返ってみると、そこには小学校高学年くらいの男子の姿があった。

ランニングに半ズボン姿に生意気そうな表情。手には虫採り網《あみ》を持ち、短くスポーツ刈りにした頭には真っ赤な野球の帽子を被《かぶ》っている。

男子はこっちを覗《のぞ》き込むと拍子抜《ひようしぬ》けしたような表情をした。

「……って、アキじゃんか。なにしてんだよこんなところでうずくまって」

「え？」

「どうしたんだよ。腹でもいたいのか？」

親しげな口調。

こんな二十は歳下《としした》のガキにタメ口で話しかけられる覚えはなかったけれど、そのイタズラ坊主の表情をそのまま貼《は》り付けたような顔にはどこか見覚えがあるような気がする。

俺の胡乱《うろん》げな視線に気づいたのか男子は太い眉《まゆ》をハの字にした。

「なんだよ、アキのくせにおれの顔をわすれたのかよ。このタケオさまのよ」

口を尖《とが》らせながらそう言ってくる。その名前には、覚えがあった。

――そうだ、思い出した。この生意気そうな男子はタケオだ。ここで秘密基地を作った五人組の一人で、〝仲間〟の中で一番腕白《わんぱく》だった。

それならばこの親しげな態度もうなずける。タケオは同学年ということもあり〝仲間〟の中でも最も仲が良かったのだ。

だけどすぐにおかしさに気付く。

でもどうして子どもなんだ？

タケオとは同じ歳だったから、普通に考えれば俺と同じで今年で二十八歳のはずなのに。一瞬《いっしゅん》タケオの子どもか親戚《しんせき》かとも思ったが、それにしては態度がおかしい。まるでタケオ本人であるかのように気安く接してくる。

「ん、なんだよ、ヘンな顔して。ほんとにおれのことわすれちまったのか」

「え、いや、そうじゃないんだが……」

「？　おかしなやつ」

そしてさっきから感じていたこの違和感。

周囲にある全《すべ》てのものが大きくなってしまったかのような不自然な視界。いや違う。これは周りのものがでかくなったんじゃなくて……

——俺の視点が低いのだ。まるで目の前のタケオと同じ小学生になってしまったかのように。

「……」

恐る恐る立ち上がる。

頭に浮かんだ疑問を確認すべく、歩み寄り境内の横にある池を覗き込む。

そこに映っていたのは——小学生の、二十年前の自分の姿だった。

「なにやってんだ？　ザリでもいたか？」

タケオが呑気《のんき》にそんなことを言ってくる。

意味が分からなかった。

ほとんど頭を殴られたような衝撃《しょうげき》だった。

これは夢で、俺はまだ神社で寝こけたまま意識を失っているのだろうか。

だけど頬を思いっきりつねってみても何も変わらない。その鋭い痛みは、これが夢ではないということを明確に示していた。

（な、何だよこれ。何が起こってるんだよ⁉）

動揺が遅れて波のようにやって来た。

気がついたら小学生の姿に戻っていて、隣《となり》に同じ子どもの姿をした幼馴染みがいただなんて、悪い冗談にも程がある。今時テレビや漫画でもこんな展開はあり得ない。

だって普通に考えればこの現象は……

「……な、なあ、タケオ。今日って何年の何月だっけ」

「なんだよ急に」

「いいから、答えてくれって！」

俺の勢いに気圧《けお》されたのか、目を瞬《しばた》かせながらもタケオは答えてくれた。

「ちぇっ、なにマジになってんだよ。今日は八月一日だろ。ええと、昭和五十九年の」

「……」

その言葉が決定打だった。

タケオが口にした日時。それは今から二十年前の……〝仲間〟五人がバラバラになった年の、あの夏休みの中の一日を指し示していた。そのことが示す答えは——

「タイムスリップ……？」

SFなどでは使い古された、時間を越える現象。

突拍子もないと思われるかもしれないが、直感的にその言葉が頭に浮かんだ。理屈ではなくて本能でそうだと感じられた。もちろんこれまでにタイムスリップなんてしたことは一度たりともないんだけれど、だけどその仮説は妙なリアリティをもって俺の心に迫ってくる。だれかがタケオによく似た子どもを使ってまでして俺をからかっているのでなければ、ここは今から二十年前の世界だと、俺の中の何かが言っていた。

「なあアキ、どうしたんだよ。ヒマなら虫とりにでも行こうぜ」

「……悪いけどちょっと黙っててくれ。考えてるから」

「なんだってんだよ……」

苦々しい表情を浮かべるタケオの横で、必死にここに至るまでの経緯に頭を巡らす。

俺は今日、従姉妹の久美ちゃんの結婚式のために二十年ぶりにこの町にやって来た。

少し早く着きすぎてしまったため式までの時間を潰《つぶ》そうと神社に行き、そこで意識を失った。そして気が付いたら今の状況に陥《おちい》っていた。……単純に考えてみれば、あの意識を失った時に時間を超えたってことになる。というかそれ以外にあり得ないだろう。だけど何だってこんなことに。ラベンダーの香りなんて嗅《か》いでいないっていうのに。

しばしどうしていいか分からずに途方に暮れる。

相変わらず鳴り響く蟬の声と刺すような夏の日射しが、ジリジリと周囲から降り注いでいた。

「なあ、いつまでこうしてるんだよ？」

「……」

「なあ、アキー」

「………」

「アキってばよ」

「………」

ともかく考えていてもどうしようもなかった。

嘆《なげ》いてみても、現状は変わらない。泣いても笑ってもここは二十年前の夏休みなのだ。だったら開き直って、成り行きに身を任せるしかない。やって来ることができたということは元の時代に帰る方法も存在するということ。それが見つかるまではじたばたせずにこの状況を受け入れる以外に選択肢はない。そう考えることができるくらいには、俺は楽観的な性格だった。通知表にもよく「物事を前向きにとらえることができます」と書かれていたりもした。

それにあの夏休みをもう一度やり直すことができるというのなら——あの時のあの事件ともう一度向き合うことができるというのなら、それもまた悪くはない。そういう考えも頭にあったのかもしれない。

「——よし」

俺はそう口にすると、タケオの方に向き直った。

「ええと、悪い、変なことばっかり言って。ちょっと考え事をしてたんだ」

「ったく、ほんとだよ。あんまりおかしかったから、このあつさで頭がバカになってバカアキになったのかとおもったぜ」

バカアキはひどいな。

「んで、アキはなんでこんなとこにいたんだよ。今日は基地にあつまる日じゃないだろ」

「え？　あ、うん、それは」

「？」

「その……俺は散歩で来てたんだ。たまたま近くを通りかかって」

それはいちおう嘘《うそ》じゃない、うん。

「タケオこそどうしてここに？　今日はこっちにくる用事はなかったんだろう？」

そう何気なく問い返してみると、

「お、おれはいいだろ。その、何となくこっちに来たい気分だったんだよ。それだけだって」

なぜか少しだけ焦《あせ》ったような口調でタケオはそう言った。

「そ、それより、おまえ、なに自分のこと『おれ』とか言っちゃってんの。かっこつけてるつもりかよ」

「え？」

「昨日まで、ボク、ボク、ボク、って、うるさいくらいのボクボク星人だったじゃんか。それになんだよ、そのしゃべり方。すかしててきもちわりぃ」

そうだった。

男子の一人称は時とともに変わっていく。俺が『俺』になったのは確か中学の途中からで、それまではずっと『ボク』だったのだ。今まですっかり忘れていたけれども。

「ああ、うん、そっか。そうだったよな」

「?」

「何でもない。確かにあの頃、ボクはボクだった。うん、ボクだ」

「⁇　アキ、ほんとうにだいじょうぶか……?」

怪訝《けげん》そうに顔をしかめたタケオを余所《よそ》に、眼下の景色に目を遣《や》る。

遠くに見える青い海と夏の空。

神社の外に広がるその光景は、どこまでも無限に広がっているように見えた。

こうして、俺は――ボクは、この町で二度目のなつやすみを過ごすこととなったのだった。

2

海鳴町《うみなりちょう》は、人口三千人ほどの小さな町である。

瀬戸内海《せとないかい》に面した海沿いの漁師町ではあるが、港から少し歩いたところには山もあり、それぞれにちょっとした特産品も存在していることから、観光地としてもそこそこ潤《うるお》っている。名前を聞けば五人に一人くらいが「ああ、あの」と納得した顔になるくらいだ。

——ただしそれは現在の話。

二十年前の時点ではとりたてて見るところもない平凡な地方の町であり、有《あ》り体《てい》に言えばどこにでもあるような田舎《いなか》だった。

最寄り駅には自動改札など当然なく無人のままだし、アスファルトできれいに舗装《ほそう》されていた道路は砂利道が剝《む》き出しになっている。街灯は頼りない電球式のものだし、周囲に目を遣ればどこまでも続くような田んぼの緑が広がっている。それは牧歌的であり古き善《よ》き光景であり、見ているだけで心がすっとキレイになっていくような眺めだった。

そんな田舎の景色を、タケオと並んで神社から町へと下る道を歩いていく。

左右に小さな水路が流れる穏《おだ》やかな畦道《あぜみち》。田んぼの中では、数人の大人たちが作業をしているのが見えた。稲作の繁忙期《はんぼうき》だから、忙しいのだろう。それらを眺めながらのんびりと進んでいると、道の途中にある小さな建物が目に飛び込んできた。

「お、『クリーニング』だ。懐かしいな……」

思わずそんな言葉が口を突いて出る。

『クリーニング』はボクたちにとって特別な場所だった。

名前の通り洋服などのクリーニングを生業としている店なのだが、子ども好きの店主の趣味で、駄菓子やおもちゃなども店先に置かれていた。五円チョコ、銀玉鉄砲《ぎんだまでっぽう》、酢《す》イカ。ラムネ、麩菓子《ふがし》、紙風船。ここに来れば手に入らないものは何もなくて、子ども心にまるで宝の山みたいにキラキラと輝《かがや》く場所のように思えたものだった。うん、本当に懐かしいな……

「なつかしいって、なに言ってんだ？　昨日も来ただろ」

「え？　あ、そ、そうだったっけ」

「そうだよ。カイ兄ちゃんたちといっしょにくじびきやりに来ただろ」

「あ、う、うん、そうだったたったそうだった！」

タケオの言葉に慌《あわ》てて訂正する。タケオにとっては昨日でも、こっちにとっては二十年と一日前だ。

「……アキ、まだぼけてんのか？　そんなことよりのどがかわいたからジュースでも買ってこうぜ」

タケオに促され、並んで『クリーニング』へと足を踏み入れた。

店の中は記憶にあるままの雑然とした佇《たたず》まいで、古くなった畳のどこか落ち着く匂《にお》いがした。うん、この匂い、好きなんだよな。

「おばちゃん、こんちは！」

「はいはい、いらっしゃい」

タケオの声に出て来たのは柔和《にゅうわ》な表情をした白髪《しらが》のおばちゃんだった。

「ヨネさん」という名前だったけれど、いつもボクたちはおばちゃんって呼んでいた。

店を訪れるとその度にニコニコとした笑顔を返してくれて、よくおまけをしてくれたのを覚えている。

「今日は何にするんだい」

「うーん、おれはパンチコーラ！　あとよっちゃんイカも！」

「はいはい。タケオちゃんはパンチコーラが好きね。アキちゃんは？」

「ボクはこれください」

「粉末ジュースね。はい、どうぞ。五円チョコもおまけでつけておいたからね」

五十円と引き替えに、葡萄《ぶどう》のイラストがプリントされた包みを受け取った。

粉末ジュースというのは、その名の通り甘い粉を水に溶かして飲むという駄菓子だった。メロン味やオレンジ味やグレープ味などの様々な種類があって、当時の子どもたちの間の人気商品だった。身体《からだ》には思いっきり悪そうだけど、これがおいしかったりするんだよね。

「はー、やっぱのどがかわいた時はこれだよな！」

「えー、そうかな。パンチコーラは炭酸がつよすぎると思うんだけど……」

「アキは分かってないよな。このしげきがいいんじゃんか。大人のあじだぜ。アキはまだこどもだな」

「そういうものかなあ」

「おう、そういうもんなんだ」

むむ、小学生のガキんちょに言われてしまった。

本当は俺は二十八歳でビールの苦みも分かる大人なんだぞ……と少しだけ複雑な思いに駆られつつも、二人それぞれ戦利品を手に店を出る。

ちょうど店から一歩踏み出したところだった。

「──あ、アキにタケオ」

かけられたのは決して大きいわけではないんだけどよく通る声。涼やかな響きが風鈴の音色を連想させる。

顔を向けるとそこには三人の男女が立っていた。

「お、モミジにカイ兄ちゃん、ウミも！」

タケオが叫ぶ。

その名前に、身体に電流が走ったようになった。

髪の毛をポニーテールにした凜《りん》とした女の子、背の高い少しだけ落ち着いた雰囲気《ふんいき》の男子、その隣でもじもじとしている女の子。すぐに分かった。モミジ、カイ兄ちゃん、ウミちゃん。この三人が秘密基地を共有していた残りの〝仲間〟だ。三人とも全然変わっていない。それは最後に会った二十年前の姿のままなのだからそうに決まっているんだけど、そのあまりの変わらなさに何だか涙が出そうになってくる。

「どうしたのアキ、へんな顔して」

ポニーテールの女の子――モミジがこっちを見てそう言った。

「こいつ、なんか今日はおかしいんだよ。いつもよりぼーっとしてるし、自分のこと〝おれ〟とか言いだすし」

「うわ、タケオにおかしいって言われるなんて、そうとうね」

「それ、どういう意味だよ」

「そのままだって。ねえ、ウミちゃん、カイ兄ちゃん」

モミジが二人の方を見る。

「……うん」

「そうだね、ちょっとまずいかもしれないよね」

「げ、みんなひでぇ」

そうは口にするもののタケオの表情は柔らかで。

そして。

ニャア。

「──ニャン太」

モミジの胸元で小さく鳴いていたのは……ニャン太だった。

積もりたての新雪のように真っ白な毛並み、ぴょこんと立った耳、少しだけ右に曲がったシッポ、琥珀色《こはくいろ》をした大きな瞳《ひとみ》。もふもふでふかふかな身体を揺《ゆ》らして、こっちを見上げてきている。

「なあ、ニャン太もひどいって思うだろ？」

ニャー。

ふりふり、とシッポを横に振る。

「あはは、ニャン太はわたしの味方だって」

「……ニャン太はしょうじき」

「動物はうそをつかないっていうしね」

「ちぇっ」

タケオが苦笑気味に口を尖らせて、それを見た周りのみんなが楽しそうに温かな笑みを浮かべる。

そこにあった空気は、間違いなくあのなつやすみのものであって……

「…………」

「アキ……？」

「え？」

「どうしたの？　なんかすっごく遠くをみる目、してた」

「そ、そうかな？」

「うん。どうしたの、ほんとにへんだよ」

「あー、うん、何でもないよ。ちょっとボーっとしてただけ」

「ふうん」

あぶないあぶない、今ホントに泣きそうになってた……

少しだけにじんだ目からコンタクトレンズが落ちてしまうのではないかと手を添えるも、その心配は無用だった。そっか、この頃はまだ視力が落ちてなかったから、裸《ら》眼《がん》で生活していたんだっけ。

「なあなあ、せっかくみんながあつまったんだし、どっか行こうぜ！」

タケオがみんなの顔を見てそう口にした。

「あ、だったらわたし、校庭がいい。校庭に行って、ニャン太といっしょに鬼ごっこしようよ」

「……うん」

「そうだね、僕も賛成」

ニャア。

「よし、きまりだな！　じゃあだれが校庭にはやくつくか競争で、いちばんおそかったやつがばつゲームな。——よーい、ドン！」

タケオの声に、みんなが一斉に走り出す。

え、い、いきなり？　ズルくない⁉

出遅れたボクも慌ててその後を追った。

当然のごとく、到着はビリだった。

それから五人とニャン太とで遊んだ。

鬼ごっこをして、缶蹴《かんけ》りをして、虫とりをして、ニャン太の毛づくろいをして。

二十年分の時間を取り戻すかのように、くたくたになるまで走り回った。

夏のさらさらと乾いた空気が、汗まみれになった身体に心地好《ここちよ》かった。


「じゃあまた明日な、アキ！」

「……ばいばい」

「気をつけてかえるんだよ」

日がすっかり傾いて辺りの景色がオレンジ色になって。

今日はお開きにして帰ろうというところで、呼び止められた。

「アキ」

「？　モミジ、どうしたの？」

「……」

「モミジ？」

「んー、やっぱり、なんかちがうんだよなあ」

両手を後ろに回してこっちを見上げながら、そう言ってくる。

「え？」

「なんだかみょうに落ちついてるっていうかどこかアキらしくないっていうか……うーん、うまくいえないんだけど」

「え、え？」

「まあ気のせいかな。見た目はいつものアキのまんまだし。じゃ、また明日ね。ばいばい」

「う、うん」

そう言って、モミジも去っていった。

今のはなんだったんだろう……？　まさかボクの中身が二十八歳だということに気づかれたってことはないと思うけど、女子はそういうところが妙に鋭かったりする。

余計な騒ぎは起こしたくないし、ちょっと気をつけた方がいいのかもしれない。

そう心の片隅に留《と》め、モミジの姿が田んぼの向こうに消えるのを確認してから、帰路へと着く。

なつやすみ期間を過ごすこっちでの家――叔父夫婦宅への道は、身体が覚えていた。

少しだけ高台にある歴史を感じさせる平屋建《ひらやだ》てで、庭先に生えている大きな柿《かき》の木が、遠くからも目立っていた。

この家に訪れるのも、二十年ぶりだ。

玄関の前ですーっと深呼吸をして、それから思いきって引き戸に手をかける。

「ただいま」

「あら、おかえり、アキくん」

迎えてくれたのは叔母《おば》さんだった。こちらの姿を目に留めると、記憶にあるままの優しげなエプロン姿でにこやかに声をかけてきてくれる。

「今日も楽しかった？　あらあら、こんな泥だらけになって。ふふ、朝からずっと出ずっぱりでも大丈夫なんだから、男の子は元気でいいわね。あ、そうだ、今日の晩ご飯は何だと思う？」

「え、うーん、なんだろ」

「アキくんの好物、アジフライよ。すぐにできるから、楽しみに待っててね」

「やった！」

思わず声が出てしまう。

叔母さんの作るアジフライは絶品だった。衣がさくさくで、だけど中はこれ以上ないってくらいにジューシーで、ここに来るようになるまではあんまり好きじゃなかった魚も、このアジフライのおかげで今では大好物の一つになっていたりもするんだよね。

「お、今日の晩ご飯はアジフライか。ビールに合うんだよなあ。アキくんも、おかえり」

「きゅうりを収穫《しゅうかく》してたらアキ坊が見えたさ。大杉《おおすぎ》んとこのタケ坊と走り回ってたろ」

叔父さんとお祖母《ばぁ》ちゃんも仕事を終えて戻ってくる。父の弟である叔父さんは、この町で農家をやっていた。もともとは亡くなったお祖父《じぃ》ちゃんがやっていたのを、長男であるうちの父が東京に出て来てしまったため、叔父さんが引き継いだ形だ。お祖母ちゃんも八十歳を越えた身ながらまだまだ現役で、叔父さんとともに朝から晩まで畑仕事に精を出していた。

「あ、お、おかえりなさい、アキちゃん」

最後にやって来たのは、久美ちゃんだ。

二十年後に幼馴染みと結婚をする従姉妹。ボクよりも二つ歳上で、どちらかと言えば大人《おとな》しい引っ込み思案《じあん》な女の子だった。タケオやモミジたちとも仲は良かったんだけど、身体があまり丈夫ではないらしくて、家の中で本を読んだりピアノを弾いたりしていることが多かった。

「アキちゃん、今日はなにしてたの？　またタケオちゃんたちと遊んでたのかな？」

「うん、そうだよ」

「そっかぁ、いいなあ。私もアキちゃんといっしょに鬼ごっことかしてみたいよ……」

遠くを見るように久美ちゃんがそう口にする。そういえば、久美ちゃんといっしょに外で遊んだりした記憶って、あんまりないんだよな。

「ええと、久美ちゃんはなにをしてたの？」

「私？　あ、え、ええと、私は――」

「久美はピアノの練習をしてたのよね。ほら、今度初めての発表会があるから。ええと、いつだっけ。八月の終わりだったわよね。アキくんたちにも見に来てほしいって――」

「お、おかあさん、それはいいよ……」

叔母さんが何か言いかけたのを久美ちゃんが制止した。

「そ、それよりはやくご飯にしないと……。アジフライ、さめちゃったらおいしくないよ」

「はいはい。アキくんの大好物だもんね」

「お、おかあさん……！」

そんなやり取りをして、夕飯が始まった。

叔父さん、叔母さん、久美ちゃん、お祖母ちゃんと五人で囲む食卓。それは記憶の片隅にかけがえのない思い出として大切にしまわれていたもので、そこにもやっぱり、二十年前の懐かしく温かい空気があった。

「いただきます」

じんわりと染《し》み入る感傷とともに手を合わせて箸《はし》を取る。

アジフライは、期待通り美味《おい》しかった。


夕飯を食べた後は、風呂《ふろ》に入って歯みがきをして、そのまま床に就《つ》いた。

久美ちゃんの部屋の隣にある客間。

蚊帳《かや》に囲まれた薄暗《うすぐら》い空間でごろりと横になる。

(今日は本当に色々なことがあった一日だった……)

二十年ぶりに訪れた思い出の場所。そこで不思議な現象によって、タイムスリップ(?)をした。懐かしい〝仲間〟たちと再会することができた。

そうしてボクは、二十年前のなつやすみにいる。

目を閉じると、家の外から眠らないセミたちの声が聞こえてきた。ジージー、ミンミン、シャカシャカシャカ。アブラゼミに、ミンミンゼミに、クマゼミ。それぞれの存在を競い合うかのように、この時間になっても大合唱している。

「………」

いまだに現実感がなかった。

ここが二十年前の世界で、自分が子どもの姿になっているなんて。

だけど昼間に会ったタケオ、モミジ、ウミちゃん、カイ兄ちゃん、ニャン太の存在は、そのことを明確に肯定していた。そして今、この蚊帳に囲まれた部屋もまた確かな存在感をもって目の前にある。

みんな変わっていなかった。

温かくて優しくて人当たりがよくて、記憶にあるままの姿だった。この上ない懐かしさを感じると同時に、そのことは純粋に嬉《うれ》しく思う。

だけど当然不安もあった。

というよりも冷静に考えてみて不安の方が大きい。何がどうなるか分からない二十年前の世界。いくら楽観的とはいっても、手放しで百パーセントこの状況を楽しめるほどには、自分は剛胆《ごうたん》ではなかった。

（ああもう、これからどうなっていくんだ）

考えても全く分からない。

頭を悩ませていると、さすがに疲れが限界に達したのか眠気が襲ってきた。

――朝になったらこれが全部夢で、見慣れた自分の部屋で目を覚ます、なんてことになってくれればいいんだけどな。

そんなことを薄れていく意識の中で思いつつも、押し寄せる眠気に抗えず、そのまま泥のように眠りに落ちていったのだった。

あの時の赤は、今でも心の一番深いところに強く刻まれている。

最初に見かけた時は、ただの白い煙だった。

八月の晴れやかな青空に吸い込まれていくかのような小さな一筋の線。だれかがたき火でもしているのかと思った。

でも違った。

白く細かった線はすぐに黒く太い柱となり、やがて真っ赤な帯となった。それが秘密基地の方角であることに気付くのと同時に、足が動いていた。

田んぼの畦道を抜け、小川を越え、雑木林に入り、分岐点《ぶんきてん》のくぬぎの木を右に曲がる。

だけどいつまで経《た》っても、見覚えのある景色には辿り着かない。

おかしかった。

いつもならこの道を使えば、秘密基地のある神社までショートカットで行けるはずなのに。

惑《まど》わすような雑木林の景色がグルグルと巡る。

どこまでもどこまでも続く深緑の迷路。

結局近道を使うことを諦《あきら》め元の道に戻り、秘密基地に辿り着いたのは三十分後。

秘密基地と神社は、真っ赤な炎に包まれていた。辺りには遅れた到着を嘲笑《あざわら》うかのように、色とりどりの花火が舞っていた。

3

なつやすみ二日目は、陽気な音色とともに始まった。

『うでを前から上にあげて大きく背伸びの運動から〜♪』

大人になってからはもうすっかり聴《き》く機会のなくなってしまったリズミカルな音楽。遠くから流れてくるそれをぼんやりと聴いて、まだ少し重いまぶたをこすりながら布《ふ》団《とん》から出る。

二度目のなつやすみは、起きた後もしっかりと続いていた。

起きたら何もかも元通りなんて、そううまくはいかないってことか。

パジャマからTシャツに着替えて、小学校へと向かう。海鳴町では、なつやすみには小学校の校庭で毎朝ラジオ体操をやるのが慣例となっていた。その辺は東京と同じだ。小学校に続く道の途中には、東京からやって来たという女の人が営《いとな》む小さなガラス工房があった。ボクと同じようになつやすみの間だけこっちにやって来ていて、お店を開いているのだという。扉はいつも開かれていて中の様子は丸見えで、前を通りかかると工房の主《あるじ》である女の人が笑顔で手を振ってくれた。

校庭で、朝のどこか透《す》き通《とお》るような空気を胸いっぱいに吸い込んで、音楽に合わせて手足を動かす。子どもの頃には何となくちゃんと体操をするのが恥《は》ずかしかったけれど、二十年ぶりとなると逆に新鮮で、必要以上に張り切ってしまった。

「さ、それじゃあアキくんにもスタンプを押すからね。はい」

出席カードに先生が「よくできました」スタンプを押してくれる。最後までたまるとちょっとした景品がもらえるってやつだ。

ラジオ体操が終わり家に戻ると、すぐに朝ご飯だった。

昨晩と同じように居間で家族全員で食卓を囲んで、叔母さんの作ってくれたイワシの丸干しを口に運びながら、その日の大まかなスケジュールを叔母さんたちに報告する。

「アキくん、今日は何をして遊ぶの？」

「うん、今日はみんなでカブトムシをとりにいくことになったんだ」

「へえ、カブトムシか。いいなあいいなあ。おじさんも仕事がなかったらいっしょに行きたいくらいだよ」

「あなたは本当に行っちゃいそうだからねえ……」

叔父さんの言葉に叔母さんが苦笑気味にそう口にする。

「アキ坊、かぶとむしってことは、とんがり山に行くのかい？」

そう尋ねてきたのはお祖母ちゃん。

とんがり山というのは、神社の近くにある小さな山である。正式名称は鳴神山《なるかみやま》というのだが、この辺りの人はみんなとんがり山と呼んでいた。カブトムシやクワガタが好むくぬぎの木が多く群生していて、虫とりと言えばとんがり山に行くのが常なのだった。

「あそこは迷いやすいから、きぃつけんさいよ」

「イノシシやクマが出るっていう話もあるんだぞー。ガオー！」

「あなた、アキくんをからかわないの。クマっていったって、ここ何年も出て来てないんだから」

「はっはっは、ごめんごめん」

叔母さんに再度たしなめられて叔父さんが肩をすくめる。うん、叔父さんってこういう気さくな人だったんだよな。

朝ご飯を食べ終えるとすぐに、虫とりあみ片手に玄関を飛び出した。

「いってきます！」

「はい、いってらっしゃい」

「いってらっしゃい、アキちゃん」

叔母さんと久美ちゃんが送り出してくれる。久美ちゃんは今日も家で留守番をしているようだった。カブトムシとりには誘ったんだけれど、体調があまり思わしくないらしい。

タケオたちとの待ち合わせ場所は、秘密基地の前だった。

神社の本殿の裏にある小さな洞穴。そこは広さにして十畳ほどの空間に、テーブルやソファなどを運び込んで作った〝仲間〟たちだけの秘密の場所で、ニャン太の家もそこにあった。ここの神社は敷地《しきち》もそこそこ広く無人というわけではなかったけれど、神主《かんぬし》であるカイ兄ちゃんの父親は兼業であるため、普段は開店休業状態でありほとんど訪れる人はいない。そのため秘密基地として最適だったのだ。

「やっと来た、アキ、おせーぞ」

「アキ、おはよ」

「……きょうもいいてんき」

「アキもちゃんと帽子はもってきたかな。日射病には気をつけないとね」

ニャー。

ボクが着くともうすでにみんな集まっていた。

基地の入り口付近で虫とりあみや虫かごを片手に、こっちを見ている。

「アキー、カブとりの時は時間げんしゅだろ。はやくいかないとカブたちがいなくなっちゃうじゃんか」

「あ、うん、ごめん」

「カブとりはしんけんしょうぶなんだからな。やる気だしてくれよなー」

文句を口にするタケオに、モミジがため息を吐《つ》いた。

「えらそうに言ってるけどタケオだってさっききたばっかりでしょ。アキと一分もかわらなかったじゃない」

「う、そ、それはそうだけどよう……」

「でしょ。わたしは一番はじめに着いてたから、しってるんだから」

両手を自分の腰に当ててるモミジに、

「つーか、モミジはなんでそんなにはやいんだよ。カブにそんなきょうみないくせに」

「え、そ、それは……」

「モミジはアキがくる時はぜったいにちこくしないからね」

「ちょ、ちょっとカイ兄ちゃん！」

「……ぜったいに十五ふんまえにはきてる」

「ウ、ウミちゃん……！」

ふりふり。

「ニャ、ニャン太まで……」

湯上がりでのぼせたような顔になるモミジ。モミジがこういう風に焦った表情を浮かべるのは珍しいことだった。

「ええと……よくわかんないけど、けっきょくなんだかんだいってモミジもカブとりにきょうみがあるってことでいいのか？　なんだよ、そんならそういえばいいのに」

タケオは一人何が何だか分からないって顔をしていた。

「ち、ちがうわよ！　と、とにかく、タケオはアキのことをどうのこうの言えるほどえらくないってこと！　それだけ！　い、いいから、いこ！」

モミジが無理やりにそう締《し》めて、ボクたちは歩き出した。

とんがり山には、秘密基地から少し歩いたところにある横道から入ることができる。

神社を囲む森のとある場所で茂みに入り進んでいくと、そこから山へと続く雑木林へと抜けることができるのだ。雑木林はまた『クリーニング』近くに通じる道とも繋《つな》がっていて、近道としても時々利用していた。

雑木林は入り組んでいて、複雑だった。

あちこちに枝が生《お》い茂っていて視界が悪いうえにどこまでも似たような風景がつづく。植林をしているらしいのでそのことも影響しているんだろうか。何度も足を踏み入れているボクたちでも油断すると迷ってしまうので、目印として要所要所で木にリボンで印をつけていた。それを頼りに進んでいく。

「……こっち」

ともすればすぐに間違った方向に行ってしまいそうなボクたちの中で、ウミちゃんだけは一人迷いのない足取りだった。同じようなクヌギの木の景色を、すいすいと進んでいく。方向感覚が優《すぐ》れているのか、ウミちゃんだけはいつも目印がなくとも迷うことはなかった。なのでボクたちはウミちゃんのことを『人間コンパス』と呼んで頼りにしていた。

雑木林を十分ほど歩いて、ようやく目的地に辿り着く。

ここは〝カブ狩り場〟と呼んでいる秘密のスポットだ。ボクたち〝仲間〟だけが知っている穴場で、時期によってはミヤマクワガタやヒラタクワガタ、大物中の大物であるオオクワガタさえもとれる。特にオオクワガタはボクらの知る限りここでしかとれず、そういった意味でも特別な場所だった。

「さ、とるぞとるぞ！」

興奮した表情でタケオが目の前のくぬぎの木へと駆け出す。

辺りを覆う腐葉土《ふようど》の独特の匂いにどこか心を躍《おど》らせつつ、ボクもその後を追う。

だけどすぐにタケオが曇《くも》った表情になった。

「おかしいなあ……」

「どうしたの？」

「カブたちがいないんだよ。いっぴきも」

「え、一匹も……？」

「おう。つーかおとといもそのまえにきた時もいなかったよな？　これで三回れんぞくだ」

「おとといも……」

それは二十年と二日前のことなので覚えてないんだけれど、タケオがそう言うということはそうなのだろう。

「ほんとどうしちまったんだよ。今までこんなことなかったのに。カブたち、よにげでもしたってのかよ……」

タケオが大きくため息を吐く。

周囲の木を探してみるも、確かにカブトムシは一匹も見当たらない。

「うーん、だめかな。こっちもいないみたい」

「……かなぶんだけ」

「見当たらないね」

モミジたちも見つけられないようである。

カブトムシやクワガタというのは常に同じ木に住み続ける習性を持っているというわけではない。だからいくら実績のある場所とはいってても思うようにとれないこともある。とはいえここまで急にいなくなるというのもおかしな話だ。

……そういえば、一度目のなつやすみでもこんなことがあったような気がする。

それまで行けばかならずカブトムシもクワガタもとれたこの〝カブ狩り場〟で、急に何もとれなくなってしまったのだ。その時はけっきょく最後まで原因は分からずじまいで、後に『カブトムシ神隠し事件』と名づけられることとなった。

「……もうここはあきらめるしかねぇのかな」

「タケオ……」

「……だってそうだろ。こんなにれんぞくでとれないってことは、もうカブたちはここにはこないのかもしれないってことじゃん。ちぇっ、ここはおきにいりの場所だったのにな……」

タケオがくやしげにそう漏《も》らす。

カブトムシがとれるポイントというのは子どもにとってそれこそ宝物にも等しいものだ。それがだめになってしまったというのは、そうとうにショックな出来事だということはボクにも分かった。

その後もしばらくの間探してみたものの、カブトムシ、オオクワガタはおろかコクワガタさえも見つからなかった。

「……ざんねんだけど、みつからないならしょうがないね。帰ろう」

カイ兄ちゃんがそう促す。

疲れた心地とともに、ボクたちは〝カブ狩り場〟を後にした。

「なあアキ、これからちょっと時間あるか？」

〝カブ狩り場〟での一件を終えて。

昼ご飯ということで一時解散したところで、タケオに声をかけられた。

「時間？　だいじょうぶだと思うけど……」

「そっか、だったらいまからうちにこねぇ？」

「タケオのうちに？」

「おう、昼めしはうちでくえばいいだろ。すこしはなしたいことがあるんだ」

少し迷ったけれど、さっきの『カブトムシ神隠し事件』の件もあるので、ボクはその提案をうけることにした。うなずき返すとタケオは少しだけ嬉しそうな顔をして「じゃあいこうぜ！」と声をあげた。

タケオの家は小さな酒屋をやっていた。

町では唯一の酒屋で、酒だけではなく色々な雑貨なんかも扱っている。普通に遊びに来る以外にも、叔母さんに頼まれたお使いなどで、何度も来たことがあった。

「ようアキくん、いらっしゃい！」

「こんにちは、おじさん」

「いつもタケオと仲良くしてくれてありがとうな。ゆっくりしていってくれよ。一杯飲むかい？」

「え、あ、ええと」

「ほらあんた、馬鹿《ばか》なこと言ってアキくんを困らせるんじゃないよ。気にしないでね、アキくん」

「なんでぇ。一杯くらいいいじゃねえか。おれが子どもの頃はビールなら駆けつけ三杯で――」

「はいはい。ほら二人とも、早く二階に上がっちゃいなさい」

おばさんの声を受けて、二階にあるタケオの部屋へと上がる。

一度目のなつやすみに何度となく上がり込んだタケオの部屋。無造作に床に転がった漫画《まんが》雑誌、机の上に置かれたプラモデル、回っている扇風機《せんぷうき》。懐かしい記憶がよみがえってくる。

「やっぱりおれ、あきらめきれないんだよ」

部屋に入って座布団に座るなり、タケオがそう口にした。

「いままで〝カブ狩り場〟であんなになにもとれないなんてことなかったじゃん。きょねんも、おとしも、そのまえも。ぜってぇへんだって！」

真剣な表情で語る。

〝仲間〟の中では、タケオとボクが特に虫とりに熱心だった。モミジとウミちゃんはそもそも女子ということでそこまで虫とりに興味はなかったし、カイ兄ちゃんはボクたちよりも二つ歳上ということもあって、昔ほどの熱はないようだった。だから必然的にタケオとボクはいっしょに行動することが多かったし、そのこともあって〝仲間〟の中でも特別な親近感があったのだった。

「それに、とくにあそこは、おれとアキとで見つけたはじめてのばしょだろ」

「え？」

タケオがポツリと言った。

「ほら、アキがこっちにくるようになって、おれたちとなかよくなった時に、いっしょにたんけんしてたまたま見つけたばしょじゃんか。そこがだめになるの、なんかやなんだよ……」

「タケオ……」

何も考えてないように見えて、そういうところはちゃんと大事にしてくれているのがタケオらしいというか。だからこそ、タケオはかけがえのない〝仲間〟であるわけなんだけれど。

「……なんだよ、にやにやして」

「ううん、タケオらしいなって」

「いみわかんねぇって……」

タケオが太い眉毛をハの字にしながら怪訝そうな表情をする。

ともあれこの『カブトムシ神隠し事件』を何とかしたいのはボクも同じ気持ちだっ

た。一度目のなつやすみでは謎《なぞ》のまま終わってしまったけれど、解決できるのなら、解決したい。

だから。

「——だったらさ、何とかしてみようよ」

「え?」

「このままあきらめるのはくやしいっていうのはボクもおなじだよ。行く時間をかえてみるとか、もっと木の上のほうまでとどくように長いアミをもって行くとか、何かためせることがあると思うんだ。——そうだ、蜜《みつ》をつくってみるっていうのはどう?」

「みつ?」

それはふいに浮かんだアイデアだった。

「うん、カブトムシやクワガタは木からでる樹液に寄ってくるんだ。だからそれに似た匂いと味の蜜をつくって木に塗れば、また〝カブ狩り場〟にもカブトムシたちがやってくるんじゃないかって思って」

「お、それいいんじゃねえか!」

タケオが声をあげる。

自分で言ってあれだけど、これはいい方法に思えた。一度目のなつやすみでは思いつかなかった方法だ。あの頃のボクには蜜を作るなんていう知識はなかったし、こんな小細工をしなくとも本来なら普通に山ほどカブトムシがとれる環境にいたタケオでは、逆にそういった発想は出て来なかったのかもしれない。

「よし、そうときまればさっそくつくろうぜ！　あ、でもみつってどうやってつくるんだ？　みつっていうくらいだからさとうか？」

「ええと、たしか……」

いつだったかネットで見たことがあったはずだった。用意するものは、砂糖《さとう》、バナナなどの果物、それらを入れるストッキングのようなもの、そして確か……

「……え、そんなもんもいれるのか？」

「うん、効果ばつぐんみたいだよ」

「はー、そうなのか……わかった。なんでそんなもんがカブにきくのかはわかんないけど、アキのいうことだし、信じるぜ！　じゃあ、やるか！」

「うん！」

うなずき合って、二人がっちりと手を握《にぎ》り合う。

それから二人で試行錯誤の日々がはじまった。

色々とオリジナルの蜜を作ってみては、試していく。

「うーん、これはいまいちかな……」

「だな。カブたちよりもカナブンのほうがあつまってきてやがる」

「じゃあもうちょっと砂糖をふやしてみよっか？」

「おう。お、さっきよりもいいかんじなんじゃないのか！」

みんなやニャン太と遊んでいる以外の時間、ほとんどをそれに費やした。それだけじゃたりなくて、家に戻ってきた後にも研究を続けて、叔父さん叔母さんや久美ちゃんを巻き込んでしまうこともあった。

「ア、アキくん、冷蔵庫に入ってた、これ、なに？」

「え？　今タケオといっしょに作ってるカブトムシ用の蜜だよ」

「カ、カブトムシ……？　ハチミツだと思っておじさんなめちゃったよ……」

「え？」

「だってほら、この瓶《びん》、ハチミツって書いてあるから。見た目が似てるから、間違えちゃったんだよね」

「！　ご、ごめんなさい！」

どうやら蜜用にと叔母さんにもらった瓶のラベルをはがし忘れていたらしい。とはいっても匂いが明らかにハチミツとは違うからまさか食べてしまう人がいるとは思わなかったけれど……

「気にしないで大丈夫よ、アキくん。この人、腐ったスイカを食べてもけろりとしてた人だから」

「おとうさん、アキちゃんのたいせつな蜜をたべちゃだめだよ……」

「だれもおじさんの心配はしてくれないんだ……」

がっくりと肩を落とす叔父さん。うーん、叔父さんには悪いことをしちゃったな。

またいかに大まかなレシピが分かっているとはいっても、実践してみると色々と難しく、失敗もたくさんあった。

「うわ、なんだこれ、くせぇ！」

「はっこうさせすぎちゃったのかな……真っ黒になってる」

「これ、牛にゅうをふいてそのまんまにしておいたぞうきんのにおいだって……えんがちょだ。アキ、すててこいよ！」

「い、いやだよ。タケオが捨ててきなよ」

「お、おれだっていやだよ。じゃあじゃんけんな。さいしょはグー、じゃんけんぽん！」

「じゃんけんぽん」

「げ、まけた……」

「あとだしで負けるって、タケオらしいね……」

なかなか思うようにはいかない。

だけど二人であぁでもないこうでもないと言いながら、色々と悪戦苦闘《あくせんくとう》するこの時間が、何だか楽しかった。

「なんか、こうしてアキと二人でなんかをやるって、いいな」

「え？」

「アキとはなつやすみの間しかいられないけど、こうしてるとクラスメイトみたいっていうかさ。自由けんきゅうをふたりでやってるみたいなもんかな。なつやすみ、ってかんじがするぜ」

「タケオ……」

「へへ」

嬉しかった。

クラスメイトみたいだって言ってくれたこともそうだし、タケオがボクと同じことを考えていてくれたこともそうだ。タケオとはもともと仲が良かったけれど、この蜜作りで、何だかその距離が、また一歩近くなったような気がする。

そして――

「……できた……」

「できた……ね……」

三日後。

ボクたちの手には、濃《こ》い琥珀色をした液体が入った瓶があった。

『タケオ・アキスペシャルミックス』

紆余《うよ》曲折《きよくせつ》の末に完成したそれは、そう名づけられていた。

「何でタケオの名前が先にくるのさ」

「いいだろ。うちのビールがひみつへいきになってんだから。へへ」

「もう……」

そう、蜜の隠し味（?）として使ったのは、ビールだった。

カブトムシやクワガタというのは、樹液の糖分が発酵《はっこう》することにより生じるアルコールの匂いに引かれてやってくるらしい。その習性を利用したのがこの特別製の蜜だった。幸いなことにタケオの家にビールはたくさんあったので、材料調達には困らなかった。

「とにかくこれでカブたちのふっかつまちがいなしだな！　さ、〝カブ狩り場〟にいくぜ！」

「うん！」

二人で意気揚々《いきようよう》と〝カブ狩り場〟へと向かい、『タケオ・アキスペシャルミックス』を木へと塗りつける。

そして翌日再び〝カブ狩り場〟に、今度はモミジたちともいっしょに赴《おもむ》くと……

「すごい……どうしたの、これ⁉」

「……いっぱい」

「カブトムシにノコギリクワガタにヒラタクワガタ……あ、ミヤマクワガタもいるね」

モミジたちが歓声《かんせい》をあげる。

『タケオ・アキスペシャルミックス』を塗りつけた木には、両手では数え切れないほどのカブトムシ、クワガタが群がっていた。

大成功だった。『カブトムシ消失事件』が起こる前ですら、これほどの数が集まるのは珍しい。タケオも、ボクも、モミジもカイ兄ちゃん、ウミちゃんたちも、夢中になってとった。みんなの虫かごがいっぱいになっても、まだ木には何匹ものカブトムシ、クワガタが残っていた。

「やったな、アキ！」

「うん！」

二人顔を見合わせて満面の笑みを浮かべる。

最大のレアものであるオオクワガタがとれなかったのは少しだけ残念だったけれど、それでも大満足な結果だった。

「やったって……アキたちが何かしたの、これ？」

「おう、そうだぜ！　これも『タケオ・アキスペシャルミックス』のおかげだな！」

「『タケオ・アキスペシャルミックス』……？」

「おうよ。おれとアキとでかいはつした、ひみつへいきだぜ。カブたちをひきよせるみつなんだよ」

タケオが自慢げに蜜の入った瓶をちらつかせる。

だけどモミジはじーっとタケオとボクの顔を見比べると、きっぱりとこう言い切った。

「これ、かんがえついたの、アキでしょう？」

「え？　な、なんでそうおもうんだよ」

「だってタケオにこんな頭をつかうこと、かんがえられると思えないもん。アキだったら、なんとなく思いつきそうだけど」

「そ、それはそうだけどよう……」

タケオが声を小さくしてそう口にする。自分の思いつきだと強く主張しておけば分からないだろうに、こういう嘘がつけないところもまたタケオのいいところなのである。

「うん、でもほんとうに解決するとは思わなかったよ。やるじゃん、アキ」

ドンと左手でこっちの背中を叩《たた》いてモミジがヒマワリのような笑みを浮かべる。

「そ、そうかな」

「うん、こんな風にずばっと解決してくれるなんて思わなかった。その、ちょっとだけ——かっこいいよ」

「これ、アキがおもいついたのか。すごいね」

「……こうくるとはおもわなかった」

ニャー。

カイ兄ちゃんたちも驚《おどろ》いた顔でそう褒めてきてくれる。そのことは素直に嬉しかった。我ながら根が単純だから、事がうまくいけば嬉しいし、褒《ほ》められれば喜ぶ。二十八歳でも八歳でも、それは変わらない。

こうして、一度目のなつやすみでは未解決だった『カブトムシ神隠し事件』は無事に解決された。

だけど、どうして〝カブ狩り場〟で急にカブトムシがとれなくなってしまったんだろう。

その原因だけは、分からずじまいだった。

4

「よーし、それじゃあさっそく虫ずもうをやろうぜ！　だい一かいタケオ大会だ！」

〝カブ狩り場〟での大収穫を手に、秘密基地に戻ったボクたちに、タケオがそう大きく声を上げた。

「ちょっと、どうしてタケオの名前がついてるのよー」

「そりゃあもちろん、カブたちがまたとれるようになったのが『タケオ・アキスペシャルミックス』のおかげだからじゃん。なあ」

「だからそれはアキが思いついたんでしょ？　だったら第一回アキ大会じゃない」

「ぐ……こ、こまかいことはいいじゃんか。ほら、やろうぜやろうぜ」

「もう……」

口をとがらせながらも、モミジもタケオにならう。

秘密基地に置いてある、虫ずもう用の土俵。新聞紙とダンボールとで作ったその上で、カブトムシ、クワガタたちの熱戦が繰り広げられる。

「よし、おれのかち！」

「っ、タケオに負けるなんて……」

土俵《どひょう》の上でひっくり返されたヒメクワガタを見てモミジが悔《くや》しそうに声をあげる。

「ま、これがじつりょくってことで。へっへっへ、じゃあかったおれさまのノコクワにはごほうびをあげないとな。アキ、ちょっと『タケオ・アキスペシャルミックス』もらっていいか？」

「うん、いいよ」

うなずいてタケオに蜜が入った容器を渡す。

だけど蓋《ふた》を開けて中身を取り出そうとしたところで、タケオが声をあげた。

「――って、これはちみつじゃんか！」

「え？」

「ほら、この色とにおいはまちがいねえって。はちみつだってば」

確認してみると、タケオの言った通り、容器の中に入っていたのは黄色いハチミツだった。どうやら今度は『タケオ・アキスペシャルミックス』かと思って間違ってハチミツを持ってきてしまっていたみたいだ。容器は同じだし見た目はほとんど変わらないから、貼ってあるラベルを頼りにするしかないんだよね――

「……え？」

そこではっとなった。

見た目はほとんど変わらないから、貼ってあるラベルを頼りにするしかない。

自分の言葉を、もう一度頭の中で反復する。

そうか――もしかしてこれって、そういうことなのか。

何かが繋がった気がした。見た目が似ているものを判別するには、その外側にある目印を基準にするしかない。あの時はあまりにも自然で気づかなかったけれど、そうだとしたら色々なことに説明もつく。

「？　どうしたのアキ、むずかしい顔して？」

「え？　あ、う、ううん、なんでもないよ」

「⁇」

モミジが不思議そうな顔で尋ねてきたけれど、その場は何もない風に返しておいた。

そうして、みんなと別れた後に、一人で〝カブ狩り場〟へと続く雑木林へと行ってみた。

そこには、思った通りの結果があった。

それは……カブトムシがとれないわけだ。

突然神隠しのように消失してしまった、わけだ。

だってボクらは……違う場所へと行っていたんだから。

辺りを見回す。周囲にあるのは、どこまでも似たような雑木林の風景。よほど注意して見なければ、それがいつも目印にしていたくぬぎの木と違うなんてことには気がつかない。

でも、どうしてそんなことをしたんだろう？

分からない。

だれがどうやってそうしたのかはだいたい分かったけれど、その動機が分からなかった。

「……」

一度目のなつやすみでも、同じことが行われていたのだろうか。

心の中で大きく息を吐いて、そっと木につけられた分岐のリボンを、元の位置に戻したのだった。

Bokutachi no Natsuyasumi
Chapter2
第二話
なつやすみ第二週
『海坊主出没事件』
Bokutachi no Natsuyasumi

0

なつやすみ、と言われて思い浮かべるものに何があるだろう。

虫とり、魚釣り、麦わら帽子。

絵日記、ラジオ体操、自由研究。

プール、ヒマワリ、入道雲。

すぐに思い浮かぶのはそれくらいか。もう少しじっくり考えればまだまだあるかもしれない。全部挙げろと言われたら多くありすぎて、少しばかり困ってしまうだろう。

だけどその中で、なつやすみの主要要素として外せないものがある。

花火、夏祭りと並んで、なつやすみの三大代名詞とも言えるものがある。それは——

「はー、なつはやっぱりここにこないとな！」

「そうね。とくにこんな暑い日はいいかも。うーん、きもちいい」

「……さかな、およいでる」

「みんな、あんまり沖に行きすぎないように気をつけるんだよ」

ニャウン。

――海、だった。

正確に言えば、海とそれに付随する海水浴、スイカ割り、魚釣りなどの様々な遊び。

ここ海鳴町は、その名が冠《かん》する通り海が身近にある町である。もともとが漁師町であることから港が多いことにくわえ、沿岸周辺が遠浅な地形であるため砂浜も多く存在していた。秘密基地から少し歩けば来ることができるため、ボクたちもこの時期は毎日のように遊びにやってきていた。

一本松下の砂浜は真っ白だった。遮るものは何もない見通しのいい景色で、剥き出しの太陽に照らされた砂は焼けた鉄板のように熱い。そんな灼熱《しやくねつ》から逃れるように、ボクたちは海の中へと我先に走っていったのだった。

「ほら、アキ。すきあり！」

モミジが笑いながら背中から水をかけてくる。

「あ、やったな」

「ふふ、ぼーっとしてるからだよ」

「えい、お返しだ」

「へへ、あたんないよ」

「ぶはっ！　ア、アキ、おれにかけてどうすんだって！　ちゃんとねらえよ」

「ご、ごめん……」

ボクたちの動きに合わせて、太陽を反射した水しぶきが魚のうろこのようにきらきらと光る。波間には固まって泳ぐ小さな魚の姿。鼻先を漂《ただよ》う潮の香りが、不思議な郷《きょう》愁《しゅう》を呼び起こした。

「よーし、じゃあ次はみんなであそこの岩までおよいでいってもどってくるのな。ビリだったやつがばつゲームだぜ！　よーいドン！」

「あ、ちょっとまちなさいよ、タケオ」

「……ずるい」

「負けないよ」

ニャー。

タケオの声にみんなが一斉に泳ぎ出す。

え、ま、またこのパターンなの⁉

出遅れたボクは、急いでその後を追った。

慌てて泳ぎだしたため口に入ってしまった海水は、しょっぱかった。

あれから――二十年前のなつやすみにタイムスリップしてから一週間が経っていた。

八月も二週目に入り、お盆を間近に控えて何となくだけどそわそわとした空気が漂う時期。

最初こそ二十年という時間のギャップに慣れなくて色々と戸惑うこともあったものの、今ではかなり八歳の自分に馴染むことができていた。少しずつ一度目のなつやすみの記憶を思い出してきていたということもあるのだろう。この二十年前という特殊な環境にそれなりに溶け込むことができてきた……と思う。

〝仲間〟たちと過ごす二度目のなつやすみ。

それは目に映るもの全てが新鮮で、キラキラと輝いていて見えたあの頃を追体験することができる、何にも代えがたい貴重な時間だった。どうしてこんなこと――タイムスリップが起こったのかはいまだに分からないが、それだけはこの現象を起こした何者かに感謝したい。

ただやはり気になることはあった。

ところどころだけれど、起こっている出来事が一度目のなつやすみとは違うような気がする。〝仲間〟の行動がどこか違っていたり『カブトムシ神隠し事件』が無事に解決されたり。いやこれはもちろん俺自身の記憶もそこまで定かじゃないから確かなことは言えないのだけれど。

そしてもう一つ。

このまま進んでいけば、やがて起こってしまうであろう出来事。

一度目のなつやすみ最終日に起きたあの事件のことであって――

1

「よーし、いっちばーん……って、カイ兄ちゃんがさきかー」

息せき切って砂浜に戻ってきたタケオが、先に到着していたカイ兄ちゃんを見てはーっとため息を吐く。

「ごめんね。僕の方がちょっとだけはやかったかな」

「ちょっとって差じゃなかったぜ。ちぇー、やっぱりおよぎじゃカイ兄ちゃんにはかなわないか」

「うーん、でもタケオもいいところまでいってたよ？　一昨年の僕よりもはやいかもしれないね」

「え、そ、そうかな？」

「うん、来年には抜かれてるかもしれないな」

「へ、へへ」

柄にもなく気持ち悪い感じに照れるタケオを、にこやかに笑いながらカイ兄ちゃんがフォローする。

カイ兄ちゃんは、二つ歳上の小学五年生で、ボクらの中でリーダー的存在だった。秘密基地のある神社の跡取り息子ということも影響しているのか、いつも落ち着いていて大人びていて、当時はカイ兄ちゃんみたいになりたいと憧れていたのを覚えている。

そんなことを思っていると、視線に気がついたのか、カイ兄ちゃんがこっちを向いて首を傾けた。

「どうしたの、アキ？」

「え、あ、ううん、なんでもないよ。カイ兄ちゃんはやっぱりすごいなあって」

「うーん、これでも僕はみんなより歳上だからね。それにアキもだいぶはやくなってたよ。泳ぎにむだな力が入らなくなっていたっていうか、練習でもしてた？」

「え？　あ、え、ええと……」

曖昧《あいまい》な笑顔で誤魔化《ごまか》す。当然二十八歳のボクは水泳もお手のものだ。うーん、あんまりうまく泳ぎすぎないように気をつけてはいたけれど、本当にカイ兄ちゃんはよく見ているなあ。

小学生とは思えない観察眼に感心していると、くいくいと水着の裾《すそ》が引っ張られた。

ウミちゃんだった。

「？　ウミちゃん、どうしたの？」

「……これ、ひろった」

「これってガラス？　わあ、丸くてきれいだね」

「……なみにあらわれてかどがとれて、まるくなったんだとおもう。〝シーグラス〟っていうんだって。アキにぃに、あげる」

「え、いいの？」

「……うん」

ウミちゃんはカイ兄ちゃんの妹で、こちらはボクらよりも一つ年下の小学校二年生だった。物静かでどちらかといえば人見知りで、〝仲間〟以外の前だとほとんど喋《しゃべ》らない。だけど不思議とボクにはよく懐いてくれていて、こうして時々プレゼントをくれることがあった。またどこで覚えてきたのか、歳の割にはびっくりするような知識を持っていることがあった。

「よぉ、アキ坊ら、戻ってきたんかぁ」

　後ろから声がかけられて振り向く。そこにいたのは真っ黒に焼けた肌に白髪の老人。この辺りでよくナマコ漁をやっているナマコじいちゃんだ。海鳴町は狭い。近所に住んでいる人たちはみんな顔見知りで、ほとんど親戚《しんせき》のようなものだった。

「海はどうじゃった？　盆前だからまだクラゲは出とらんじゃろ。ほれ、今度は釣《つ》りをやるんじゃったな。がんばって大物を釣らんと夕飯のおかずがなくなってしまうぞぉ」

「お、そうだそうだ。つりならカイ兄ちゃんにもまけないからなー。いちばん大ものをつったやつがかちで、今日いちにちおうさまな！」

「あ、タケオはまたそういうことを勝手にきめるんだからー」

「……まけない」

「がんばってみんなでたくさん釣らないとね」

みんな並んで駆け出す。

釣りは、砂浜の近くにある防波堤からやることにした。

今日はこのまま釣れた魚をおかずにこの砂浜で浜焼き大会をして、そのあとに花火をやるのだ。子どもだけの花火は禁止されていたけれど、ナマコじいちゃんが面倒を見てくれるということで、許しが出たのだった。

「よーし、いっちょやるか！」

タケオが元気よく声をあげて、釣りが始まった。

釣りの仕掛けは、一番シンプルなものだった。三メートルほどののべ竿《ざお》の先に糸を結びつけて、その先にウキと針をつける。エサはゴカイとオキアミだ。ウネウネと動くゴカイに悪戦苦闘しながらも何とか針にかけて、海中へと沈める。

反応はすぐにあった。エサを投げ入れて五分もすると、ウキの先端がピクピクと動き、そのまますっと海中へと消えた。来た！タイミングを合わせて竿を上げると、確かな手応《てごた》えが竿先から伝わってくる。ブルンブルンという独特の震動。やがてカラフルな体色をした魚が水面にあがってきた。

「なんだ、アキ、ベラかあ。はずれだな」

「うーん」

釣れてきた魚はベラといって、雑魚《ざこ》として評価が低いものだった。食べて美味しい魚ではあるのだけれど釣りの成果としてはいまいち。クワガタにしてみれば、コクワガタみたいなものか。気を取り直して再びエサをつけた針を海中に投入する。

当たり自体はたくさんあった。ナマコじいちゃんいわくここの沖では刺網漁《さしあみりょう》も行われているらしい。さすがに瀬戸内《せとうち》の海は豊穣《ほうじょう》だ。三分に一回はだれかの竿が曲がる。ベラ、ハゲ、ウミタナゴ、アナハゼ、カサゴ。バケツはあっという間に小魚でいっぱいになった。

「よし、また釣れた。って、わたしはハゲかあ……」

「ざんねんだったね、モミジ」

「うん、あたりはあるんだけどなあ。アキもベラとハゲばっかりだし、このままだと夕飯はからあげだけになっちゃう」

「うーん」

からあげももちろん美味しいんだけど、どうせなら大物を釣りたいよね。

とはいってもこればっかりは魚次第なのでどうしようもない。

その後も、しばらく小物ばかりの時間が続く。

そんな中、タケオに大きな当たりがあったようだった。

「おーし、きたきた！」

弧を描いて曲がる竿。興奮したように声を出して竿をあげると、その先には銀色の大きな魚がバタバタと身をよじらせていた。

「ほう、ニベじゃな」

隣で作業をしていたナマコじいちゃんが魚を見てそう言った。

「この辺りじゃあよくとれる魚で、シログチともいうんじゃ。塩焼きや刺身にするとうまいんじゃよ」

「へえ……おっきいね」

「うん、こんなのはなかなか見ないよ。すごいね、タケオ」

「へっへっへ、これはタケオさまのかちできまりかな。おうさまになったらどうするかなー。モミジたちには一日けらいになってもらって、パンチコーラのかいだしからおれの部屋のかたづけまで、色々せわをしてもらうってのもいいよな」

「む……ちょ、ちょっとアキ、がんばってタケオをとめてよ」

「え、ボ、ボク？　うーん……」

それはとめられるものならとめたいけど。

「むりむり。アキ、さっきからベラとハゲばっかりじゃんか。それじゃあおれのスーパーなニベにはかてないぜ」

タケオが勢いよく胸を反らす。

その時だった。

「……なんか、きた」

それまで静かだったウミちゃんの竿が、水面に突き刺さるくらいに大きく曲がっていた。これまでに見たことのないほどの強い引きで、そのままウミちゃんまで海に引き込まれそうになるのを慌ててとめる。

「……おっきい」

「ほう、これは大物じゃな。ウミ、慎重にあげるんじゃ」

「……ん……！」

「ウミちゃん、がんばれ！」

「ファイトだよ、ウミちゃん！　アキ、しっかりささえてあげて！」

「う、うん……！」

「う、ううん、おうえんしたいとこだけど、これ、なんかおれのより大きそうだし……って、ええい、が、がんばれ、ウミ！」

「ウミ、あと少しだよ」

ニャア、ニャア！

ウミちゃんが海に落ちないように後ろから支えながら、みんなで必死になって応援をした。

やがてゆっくりと水面に魚が浮かんできた。竿が一段としなる。あがってきたのは、ピンク色の魚体をした見事な大物だった。

「すげぇ、なんだよこれ！」

「わあ、大きい……」

「こんなのが釣れるのか……」

「ふむ、これは真鯛《まだい》じゃな。立派なもんじゃ。こんな防波堤からここまでの大きさのものが釣れるなんて、珍しいこともあるもんじゃ。がんばったの、ウミ」

「……へへ……」

ニャン太と同じほどの大きさがある真鯛を手に抱えて、ウミちゃんが嬉しそうに満面の笑みを浮かべる。

王様ならぬ、女王様の誕生だった。

2

ウミちゃんの釣りあげた真鯛は、ナマコじいちゃんがさばいてくれて刺身と焼き物になった。

他の魚も唐揚《からあ》げや煮付けになって、夕飯のメニューは豪華この上ない。みんな目を輝かせて、お腹《なか》いっぱいに自分たちで釣った魚を口にする。

「お、このさしみ、うまいぜ！」

「ほんとだ、さすがウミちゃんがつったのだけあるね」

「……そ、そんなこと、ない……」

「ふふ、そんなことあるって。がんばったもんね、ウミちゃん」

「今日はウミが一等賞かな」

「………」

みんなから絶賛されて、顔を真っ赤にしてしまうウミちゃん。こういうところは年相応だった。

「それにタケオのニベも、アキのベラも、モミジのハゲもおいしいよ。焼いてあるのは香ばしいし、刺身も歯ごたえがあっていい味だしね」

「そ、そうかな？」

「うん、タケオもみんなも十分がんばったよ」

カイ兄ちゃんの言葉にタケオが得意げな顔になる。

「ま、まあ、おおきさではちょこっとだけまけたけど、おれのニべもりっぱなおおものだもんな。ほら、ニャン太もさしみ、たべるか？」

ニャー。

ニャン太が手を伸ばそうとして、

「……タケオ、だめ」

ウミちゃんがそれをとめた。

「え？　なんでだよ。せっかくたくさんつれたんだからニャン太にもやらなきゃかわいそうじゃん」

「……ねこになまのおさかなをあげるのはあんまりよくない。たいちょうをくずすことがあるって」

「え、そうなのか？」

「……うん」

それは確かにその通りだった。大学に通っていた時に、猫を飼っていた友人からそう聞いたことがある。魚をあげるにしても、火を通してあるものの方がいいとか。それにしてもウミちゃんは本当に色んなことをよく知ってるなあ。

ニャン太には刺身の代わりにハゲの煮付けをあげた。器用に骨と皮とを避けて、喜んで食べていた。

そんな風にして、みんなでたき火を囲んでわいわいと楽しい時間を過ごしていると、ナマコじいちゃんがふと口にした。

「そういえばみんな知ってるかのぉ？　この辺りの砂浜には海坊主《うみぼうず》が出るんじゃよ」

「う、うみぼうず？」

タケオが変な声を出す。

「そうじゃよ。夜になると砂浜や磯場《いそば》を徘徊《はいかい》して、一人で歩いている子どもを海に引っ張り込むんじゃ。引っ張り込まれたもんは二度と戻ってこられん。海坊主がやって来たところには、這《は》いずるような濡《ぬ》れた後が残っとるって話だぁ」

この海坊主の話は、一度目のなつやすみでも聞いた覚えがあった。夜中に砂浜にやって来て子どもを海に引きずりこむ海坊主。大人になってしまえばよくある話だけど、子ども心にはだいぶ怖かったものだ。ナマコじいちゃんの迫力ある話っぷりもそれに一役買っていたのかもしれない。

「う、うそだよな、じっちゃん。そんな、うみぼうずなんて……」

「そ、そうだよ、今どき、そんな……」

タケオに続いてモミジも不安そうな声をあげる。

「いいや。本当じゃよ。だからタケ坊たちも夜の海に子どもたちだけで来てはいかん。それを破ると――」

「や、やぶると……？」

「お前さんたちも海坊主に取って食われてしまうかもしれんなぁ！　ぐあー！」

「!!!」「!?」

タケオが勢いよくのけぞり、モミジがぎゅっとボクの腕に抱きついてきた。

もちろん今のボクには、その怪談話が子どもを夜の危ない海に一人で行かせないようにするための方便だということは分かる。だけど当時だったらそうはいかない。タケオとモミジはもちろん、ウミちゃんやカイ兄ちゃんも少しだけ表情を硬くしていた。

「ま、今はワシがいるから大丈夫じゃよ。海坊主が来ても追いはらってやるけぇのぉ。ほれ、タケ坊たち、花火をやるんじゃろう？」

「お、おう……」

「う、うん……」

　タケオとモミジが複雑そうな顔で立ち上がった。

　花火は、タケオの家にあったのを持ってきたものだった。線香花火、手持ち花火、ロケット花火、ネズミ花火、ヘビ花火、噴き出し花火、打ち上げ花火。全て玩具花火《おもちゃはなび》ではあるけれど、およそ考えられる種類の花火が揃《そろ》っている。引火してしまうと危ないので、たき火からは少し離れた場所に移動した。

「よ、よし、おれはこれからやるぜ！　ロケット花火！」

「……ヘビはなび。もこもこ」

「僕はネズミ花火にしようかな。ヘビ花火といっしょにやるとおもしろそうだから」

「わたしは……ええと、線香花火でいいや」

　それぞれ選ぶ花火にも性格が表れているのが面白いな。

　みんなが花火を手に取るのを見て、ボクも線香花火をそっとロウソクの炎に添えた。

　ぱちぱちと、乾いた音とともに小さな花が夜の闇に浮かび上がる。小さくて大人しい輝きだけれど、これも立派に花火だった。

　夏の海、きらめく花火、楽しげに笑う仲間たち。

　聞こえる波音、瞬く星、砂を踏みしめる感触。

そこにある空気は混じりっけのないなつやすみそのもので、どこか夏の匂いがした。

「よーし、もりあがってきた！　どんどんいくぜ！」

タケオも、ようやく元気が戻ってきたのか手持ち花火を振り回して辺りを走り回り始めた。ウミちゃんはヘビ花火が盛りあがっていく様《さま》を黙々と、でも楽しそうに眺めていて、その隣でカイ兄ちゃんはにこにこと笑みを浮かべながらネズミ花火を走らせている。

穏やかで和《なご》やかな夏の光景。

そんな中、

「……」

「モミジ？」

「……」

「どうしたの、具合、わるいの？」

「うん……ちょっと……」

モミジが顔をうつむかせてその場に座り込んでいた。いつもは健康的な顔が、暗闇の中でも分かるくらいに真っ青になっている。

「だいじょうぶ？　横になって休む……？」

「……うん……」

「モミジ……」

昼間はしゃぎすぎて疲れたんだろうか。あるいはナマコじいちゃんの海坊主の話にあてられたのか。うつむいたままのモミジの声は弱々しくて、力がなかった。

「む、どうしたんじゃ？」

「あ、モミジが具合わるいみたいなんです」

「ふむ……」

ナマコじいちゃんが白髭《しろひげ》に手を当ててモミジに近づく。しばらく話をした後に、モミジは先に帰らせた方がいいということになった。

「ごめんね、せっかくみんなで盛りあがってたのに……」

「ううん、そんなのいいって」

「……だいじょうぶ、モミジ……？」

「今日はゆっくり休んで、また元気になったらいっしょに遊ぼう」

みんな心配そうにモミジを見つめる。いつもだったら「らしくないっての、ハゲでもくえばなおるだろー」などと文句を言いそうだったタケオも、さすがに見かねたのか、何も言わなかった。

ナマコじいちゃんに付き添われて、頼りない足取りで去っていくモミジを見送る。

モミジが帰った後も花火は続けられたけれど、いまいち盛り上がらなかった。

何ていうか、花が消えてしまったような感じだった。モミジの存在がいかにみんなの中で大きかったのかということが分かる。

「……かえるか」

タケオがぼそりとそうつぶやいたのをきっかけに、みんな何となく手に持っていた花火をバケツに放り込んだ。

じゅわっという音とともに、辺りに夜の闇が戻った。


花火を終え家に帰ると叔父さんたちが待っていてくれた。花火での出来事を報告すると、叔父さんも叔母さんも心配そうな表情を浮かべた。中でも久美ちゃんは顔を曇らせて声を落としていた。

「そっか、モミジちゃん、早くよくなるといいね……」

「うん……」

「そういう盛りあがってるところで体調がわるくなっちゃうって、つらいんだよね……」

自分のことのようにぎゅっと胸の前で手を握りしめる。久美ちゃん自身もあまり身体が丈夫じゃなくて何回かこういうことを経験をしたことがあるみたいだから、余計に感情移入してしまうのかもしれない。

雰囲気を変えるために、ボクは違う話題を口にした。

「そういえば、ナマコじいちゃん、うみぼうずの話をしてくれたよ」

「あ、ナマコじいちゃん、アキちゃんたちにもその話したんだ？」

「うん、すっごくはくりょくがあった」

「ふふ、私も前にきいたなあ。あれ、こわいんだよねえ」

久美ちゃんが笑う。その声には、少しだけ元気が戻っていた。

「アキちゃんたち、今日は一本松の砂浜に行ってたんだよね。ほかに何をしてたの？」

「海で泳いだり、釣りをしたり、砂浜でスイカ割りをしたり、かな」

「うんうん」

「スイカ割りの最中にニャン太が波打ち際《ぎわ》ですべってころんで、わかめまみれになってたいへんだったよ」

「ニャン太ちゃん、わんぱくだもんね」

柔らかな表情を見せる。久美ちゃんもニャン太には何回か会ったことがあって、家族のようにかわいがっていた。

「あ、そういえば、今年もニャン太ちゃんのお誕生日会《たんじょうびかい》をやるんだよね?」

久美ちゃんが思い出したように言った。

「あ、うん、そうだよ」

ニャン太の誕生日会をやることは、〝仲間〟たちの中でだいぶ前から決まっていた。日時は八月三十一日。ちょうど二年前のその日に、橋の下で鳴いているニャン太を見つけたのだった。

「久美ちゃんもくる? 秘密基地でやることになってるんだけど」

「あ、うん、私は……」

「?」

「……あ、な、何でもない。そうだね、行けるなら行きたい、な」

口ごもるようにそう言う。その反応がちょっとだけ気になったけれど、その場ではそれ以上深く訊《き》くことはしなかった。

それから少しだけ久美ちゃんと話をして、その日は眠りに就いた。

三十分以上遅れてようやく辿り着いたものの、そこはもう手が付けられない状態だった。

真っ赤な炎に包まれた秘密基地と神社。

一面に雪のように火の粉《こ》が舞い、その合間を縫《ぬ》うかのように打ち上げ花火や噴き出し花火の数々の色が、橙色の中に入り混じっている。炎の帯は辺りを覆い尽くし、慣れ親しんだ場所の面影はほとんどなくなってしまっていた。

だれか！

大声で叫ぶ。だけど炎の中から声は返ってこない。ただ木材の焼けるパチパチという音と、風の吹き付ける音だけが空《むな》しく響いている。

どうしてこんなことになってしまったのか。

ほんの半日前までは、ここでみんなが笑い、誕生会の準備に心を躍《おど》らせ、ニャン太が走り回っていたのに。

それでもなお声を振り絞り続ける。

何回声を発しただろう。

その時だった。

「！」

炎の中に、人影を見つけた。

神社だった場所のすぐ傍《かたわ》らで、木にもたれかかるようにして身体を支えている姿。

慌てて駆け寄る。

幸い意識はあるようだった。「……は、花火がぶつかってきて、上着に火が点《つ》いて、脱いだら、神社に……」と苦しげに訴えかけてきている。だけど。

これって……

思わず言葉を失った。

その右手には……目を背けたくなるような大きな火傷《やけど》が刻まれていた。

3

翌日、朝ご飯とラジオ体操を終えていつものように秘密基地へと向かった。

時間はいつもよりも少し早い八時半。今日はボクがニャン太にご飯をあげる順番だったのだ。

『クリーニング』前の道を通って、登り坂を上って、秘密基地のある神社へと辿り着く。赤い鳥居を越えたところで崩れて元が何だか分からなくなってしまった石像が目に入った。あれ、前からこんなものあったっけ？　狛犬《こまいぬ》か何かが壊れたものかな。そういえばこの神社は何を祀っているんだろう。ここに通うようになって五年になるけれど、詳しいことはいまだに知らなかった。前にお祖母ちゃんに訊いてみたら、「あそこは願いを叶《かな》えてくれる〝根々古様《ねねこさま》〟とその〝手〟を祀っとるけぇ。粗末にしたらいかんよ」と言われた。〝根々古様〟というのが神様の名前なのだろうか。だとしたらヘンな名前だよね。

そんなことを何となく考えながら境内に足を踏み入れる。すると、神社の前に人影があるのが目に入った。

カイ兄ちゃん？

神社の前に立っていたのはカイ兄ちゃんだった。声をかけようとするも、何だかいつもと雰囲気が違う。見たこともないような厳しい顔で神社を見上げてその場にたたずんでいた。どうしたんだろう？

「……くなってしまえば、いいのに……」

つぶやいていたその言葉は、距離があったためよく聞こえなかった。

どうしようか迷っていると、カイ兄ちゃんはボクの気配に気づいたのか少しだけ驚いたような表情を見せた。だけどすぐにいつもと同じ穏やかな笑顔になって、手を振った。

「やあ、アキ。はやいね」

「あ、うん。ニャン太にご飯をあげようとおもって」

「そっか、今日はアキの順番だ」

「うん」

そう笑い返してくる姿は、いつものカイ兄ちゃんだった。さっき一瞬だけ見せた厳しい表情は何だったんだろう。気にはなったけれど、何となく訊ける雰囲気じゃなかったのでやめておいた。

ニャン太は呼ぶとすぐに出てきた。

右に曲がったシッポをふりふりとさせ、喉《のど》をごろごろと鳴らしながら顔をすりつけてくる。かわいい。猫はあんまり人間に触られるのが好きじゃないっていうけれど、ニャン太は抱きあげられたり撫《な》でられたりするのが何よりもお気に入りだった。

「ほらニャン太、ごろん」

ニャー。

コロン。

「よしよし、いいこいいこ。ニャン太のお腹の毛、柔らかくて気持ちいいな」

ニャン、ニャン♪

ニャン太はかしこい猫だった。

こちらの言うことはほとんど理解していたようだし、鬼ごっこやかくれんぼなどの遊びもだいたい分かっていた。特に鬼ごっこは大のお気に入りで、よく遊んでくれとボクたちにせがんできた。つかまえて、シッポを握って「ニャン太、タッチ！」と言うまで、日が暮れるのも構わずに逃げ回っていたものだった。

今も鬼ごっこをしてくれと言わんばかりに、ボクの腕に頬をすり寄せてきている。

「アキは本当にニャン太に好かれているね」

こっちを見てカイ兄ちゃんが言った。

「え、そうかな？」

「うん。アキといっしょにいると、ニャン太は本当にあんしんした顔をしているよ」

じっとニャン太の顔を見てみるも、猫の表情は分からない。

「でもカイ兄ちゃんだって」

カイ兄ちゃんはその優しくて穏やかな性格ゆえにだれからも好かれている。ニャン太だって、当然同じはずだ。

「僕は……どうなんだろうね」

「え？」

「僕には……ニャン太に好かれる資格があるのかな」

それはどういう意味なんだろう。

カイ兄ちゃんの言葉の意味を計りかねていると、モミジがやって来た。

「お、おはよ、アキ、カイ兄ちゃん」

「モミジ！　もうだいじょうぶなの？」

「あ、うん。昨日はちょっと気分がわるくなっちゃっただけだから。昼間のあつい中で直射日光にあたりすぎちゃったのがいけなかったのかな、せっかく楽しかったのに水さしちゃって——ごめんね！」

顔の前で両手を合わせてぱっと頭を下げてくる。その明るく気持ちのいい調子は、いつものモミジだった。

その後、タケオとウミちゃんもやって来た。

ウミちゃんは普段通りだったけれど、タケオは何だか元気がなかった。

「…………」

「どうしたの、タケオ？」

「…………」

訊いてみるも答えない。うわ、この口から先に生まれたようなタケオが沈黙だなんて、何があったんだ？

再び尋ねてみると、タケオはその重い口を開いた。

「じつはよう……つり道具のはいったはこと、花火ののこりをおきわすれてきちまったんだよ」

「え？」

「きのうの夜、すなはまに。その、いろいろあったからなんかあわてでて、ついうっかりさ……」

どうやら昨晩のゴタゴタで私物の釣り道具と花火を海に置き忘れてきたらしい。

でもそれってそこまで深刻な話だろうか。取りに行けばいいだけなんじゃ。

すると。

「あ、わかった。タケオ、一人で行くのがこわいんでしょう」

「え？」

モミジの言葉にタケオがギクリとした表情になる。

「ナマコじいちゃんのうみぼうずの話がこわいから、一人で行きたくないんでしょ。ちがう？」

「そ、それは……な、なんだよ、うみぼうずにびびってふらふらになってたやつにいわれたくないぜ！」

「な、なによ！」

「な、なんだよ！」

角《つの》を突き合わせるタケオとモミジ。

「まあまあ。二人ともおちついて。とにかく、一本松に行ってみよう。忘れ物をしたっていうなら、取りに行かないと」

カイ兄ちゃんのその一言で、タケオとモミジも納得し、ひとまず現場に戻ってみることが決まった。

昨日に引き続きみんなで砂浜へと向かう。

普通に忘れ物を回収して終わりだと思ったんだけれど……

「……っ、な、なんだよ、これ」

砂浜に着くなり、タケオが大きな声をあげた。タケオの視線の先には、昨晩たき火をやったあとが残っており、そのすぐ脇《わき》には釣り道具の入った箱がある。

ただし……それらは全て、じっとりと水に濡れていた。

「こっちもだめだ。花火もびちょびちょになってやがる……」

花火の方がより被害は深刻だった。釣り道具から三十メートルほど離《はな》れた位置に置かれていた花火は、上からバケツの水でもかけられてしまったかのようにびっしょりとずぶ濡れになってしまっている。

よく見てみれば、波打ち際から砂浜のたき火あとに向けて、二本の太い線のように水に濡れたあとがあった。それはまるで何かが這いずったようなあとだった。

「ぜってぇうみぼうずだって！　まちがないってばさ！」

タケオが大きく声をあげる。

「それいがいありえないだろ！　こんなへんてこなこと。ナマコじいちゃんがいってた、うみぼうずが来たんだよ！」

「う、うみぼうずなんて、そんなこと、ほんとうにあるわけ……」

モミジが声を震わせる。

でも、状況は確かに妙だった。雨が降ったわけでもないし、朝露《あさつゆ》が積もったにしては濡れすぎている。潮の満ち引きを考えても、波打ち際からかなり遠くに置いてあった釣り道具と花火が、あんな風にびしょ濡れになるわけがないのに。

そしてそれよりも気になることがあった。

それは――

(こんなことって一度目のなつやすみにあったっけ……?)

海坊主による水没事件。そんなことは、ボクが覚えている限り間違いなく起こらなかった。そもそもこの時タケオは砂浜に忘れ物なんかしなかったはずだし、余った花火はこのあとに秘密基地に持ち込まれて、そのまま置きっぱなしにされていた。虫ずもうをする度《たび》に視界の隅に入ってきていたから、よく記憶に残っている。

「……」

実のところ、この一度目のなつやすみと違うという現象は、これまでにいくつもあった。

起こらなかったはずの出来事が起こったり、逆に起こるはずの出来事が起こらなかったり。あの『カブトムシ神隠し事件』の顚末《てんまつ》もそうだし、モミジが花火の最中に体調を崩《くず》したのもそうだ。これらは一度目のなつやすみには起こらなかったこと。これってやっぱりボクがタイムスリップしてきたことが、この二度目のなつやすみに何らかの影響をあたえているってことなんだろうか……？

「ううん、タケオの言いたいことは分かったよ。それで、本当にうみぼうずのしわざだったとして、どうするつもりなんだい？」

「それは……」

カイ兄ちゃんの言葉にタケオが黙《だま》り込む。

だけどすぐに顔を上げて、こう口にした。

「だ、だったら……おれたちでかいけつするしかないだろ！」

「ボクたちで解決？」

「そうだぜ！　うみぼうずの正体をおれたちでかいめいしてやるんだ！」

「タケオ、こわいんじゃなかったの？」

「そ、そりゃあこわいさ。でもこのままほっとくのももっとこわいじゃん。ほら、おれのつり道具がねらわれたってことは、このままだとのろわれそうで……」

強気なんだか弱気なんだかよく分からない理由だった。

「そ、それに、なんでこんなことがおきたのか、気になるだろ？　ほ、ほら、『カブトムシ神隠し事件』だってかいけつできたんだ。『うみぼうず出ぼつ事件』だって、おれたちならやれるって！」

「解決したのはアキで、タケオじゃないでしょ」

モミジが突っ込みを入れる。

「う、そ、それはそうだけどよう……」

「アキ、どう思う？　アキもタケオにさんせい？」

「え、うーん……」

タケオの都合はともかく、解決できるものなら解決しておいた方がいいような気もする。一度目のなつやすみには起こらなかった事件。タイムスリップが影響しているのかもしれないならなおさらだ。

ボクはうなずき返した。

「うん、ボクも解決するのがいいと思う。やっぱりちょっと気になるかも」

「──そっか。アキがそう言うなら、わたしもさんせい」

「……ウミも」

「そういうことなら僕も協力するよ」

「みんなアキのいけんだとすなおにきくのな……」

モミジたちの返答にタケオが複雑そうな顔をする。

「ま、まあいいぜ。よーし、じゃあ決まり！　いっちだんけつしてみんなでうみぼうずの正体をあばいてやろうぜ！　〝タケオ組〟のけっせいだな！」

どさくさに紛れてタケオが声高《こわだか》にそう宣言するも、

「なにそれ。かっこわるい」

「……せんす、ない」

「確かにそれはちょっとね……」

ニャア……

モミジ、ウミちゃん、カイ兄ちゃんのみならず、ニャン太にまで微妙な表情を浮かべられて、タケオは言葉に詰まった。

「ぐ……じゃ、じゃあどうすればいいんだよ？」

「べつにタケオ組じゃなきゃなんでもいいけど……そうね、〝ニャン太団〟なんてどう？　リーダーはニャン太」

「あ、それいいね」

「……ニャン太の、だん」

モミジの提案にみんなが同意する。〝ニャン太団〟。確かにいい感じだよね。タケオも「ぐ、ま、まあ、ニャン太ならいっか……」と納得していた。

「そういうわけだから、よろしくね、ニャン太」

「……ニャン太が、リーダー」

「頼りにしてるよ、ニャン太」

ニャア……？

みんなに名前を連呼されて、ニャン太が不思議そうに首をかたむける。

こうして〝ニャン太団〟が結成されたのだった。


海坊主が現れるのは夜だという。

一度家に戻ったあと、叔父さんたちが寝静まるのを待ってボクはそっと家を抜け出した。少しだけうしろめたさもあったけれど、今回だけだからと心の中で言い訳をして、脚を忍ばせる。

タケオたちとは秘密基地で待ち合わせをして、それから砂浜へと向かうことにした。

「みんな、ばれなかったよな？」

「うん、ボクはだいじょうぶだと思う」

「わたしもへいき」

「……もんだいない」

「見つからないように裏口から出てきたからね、ばっちりだよ」

みんな大丈夫のようだった。並んで、歩き出す。

夜の帳《とばり》は周囲の風景を塗り替える。静かに包み込む暗がりと優しい静寂《せいじゃく》とによって、見慣れた道が、何だか昼間とは違ったもののように見えた。それは大人になってからは感じることのできない体験だった。

「何だかちょっとだけ、どきどきしてる」

横を歩いていたモミジが言った。

「いけないことをしてるんだからこんなこと思っちゃいけないのかもしれないけど、なんか、楽しい。ふきんしん……かな」

「ううん、ボクもおんなじことを思ってた」

「アキも？」

「うん。何だか冒険してるみたいだ」

〝仲間〟たちだけでの夜の散歩。それはどこかワクワクする響きで、胸を躍らせた。

「……そうだね、ぼうけん」

「たまにはこういうのもいいかもね」

ウミちゃんとカイ兄ちゃんもそう続く。そう言って笑うみんなの顔は、何だかいつもよりも大人びて見えた。

「おーい、みんななにしてんだよ。もうつくってばよ」

少しだけ前を歩いていたタケオの呼びかけを受けて、前を見る。

静まり返った夜の砂浜が、そこにあった。

墨汁《ぼくじゅう》を溶かしたような海は昼間見たものと全然違っていて、見ているとそのまま吸い込まれていきそうな不思議な感覚に囚《とら》われる。打ち寄せる波以外はほとんど音はなく、辺りは静謐《せいひつ》な空気に包まれていた。

「それでタケオ、うみぼうずっていっても、どうやってさがすのよ？」

「え？　あ、う、うーんと……」

モミジの問いかけにタケオが言葉に詰まる。特に何も考えていなかったみたいだ。

「そうだね。二組に分かれてしらべてみるっていうのはどうかな？　海坊主の正体が何だったとしても、あんまりたくさんで近づいていったら出てこないんじゃないかと思うんだ」

カイ兄ちゃんがそう提案した。

「あ、う、うん、おれも今そういおうと思ってたところなんだよ」

「ほんとかしら……」

「ほ、ほんとだって！」

うーん、たぶんウソだな。

「じゃあそれでいいかな。ただしぜったいに危ないことはしないこと。何か変だと思ったらすぐにみんなをよぶ。何もなくても三十分たったらこの場所にもどってくること。それでどうかな？」

カイ兄ちゃんの言葉にみんながうなずいた。

どう分かれるかはグーとパーで決めて、カイ兄ちゃん、タケオ、モミジの組と、ボク、ウミちゃん、ニャン太の組になった。

「なんかたよりないけど、だいじょうぶか、そっち」

「あ、うん、だいじょうぶだよ」

「……へいき」

ニャー。

「ニャン太はタケオよりずっとたよりになると思うわよ。それに、アキもいるしね」

「アキ、ウミのことは頼んだよ」

「あ、うん」

うなずき返して、二組に分かれて辺りを調べてみることになった。

カイ兄ちゃんたちは砂浜の東側、ボクたちは西側を担当する。西側は昨日花火をやっていた辺りも含まれてるということもあり、若干《じゃっかん》緊張する。海坊主の存在を信じているわけじゃないけれど、釣り道具や花火を濡らした何かが存在するのは確かであるわけだし。

暗い砂浜をウミちゃんとニャン太、二人と一匹で歩く。手には細長い懐中電灯。昔ながらの、単一電池で三本で稼働するレトロなやつだ。

「足下はだいじょうぶ、ウミちゃん？」

「……うん、へいき」

ニャー。

ウミちゃんとニャン太を気遣いながら辺りを調べていく。何か変わった様子はないか、違和感をおぼえることはないか、目を皿のようにして確認する。

だけど特におかしな様子はない。砂浜は、昼間見た時と同じように穏やかだった。

十分ほど歩いたところで、ウミちゃんが口にした。

「……ここ、はなびがおかれてたところ」

「え、わかるの？」

「……うん」

他の砂浜と同じようにしか見えないんだけどなあ。だけど『人間コンパス』の異名《いみよう》をもつウミちゃんだ。ボクらには分からない微妙な景色の違いを見てとったのかもしれない。

「そっか。だったら注意しないと。そうだとしたら、もしかしたらここにまた海坊主がくるかもしれない――」

そう言いかけたその時だった。

ふいに海の方から光が射した。一瞬辺りが昼間のように白く照らし出され、慌ててウミちゃんといっしょに身をかがませる。あれって……漁船？　そういえばナマコじいちゃんがこの辺りの沖で刺網漁が行われていると言ってたっけ。ということは夜のうちにその仕掛けを準備するために、海に出ているのだろう。

しゃがんで息を殺していると、やがて光はゆっくりと遠ざかっていった。でもまだ沖の方には、何隻《なんせき》かの漁船の影が見えた。

「ここにいると見つかっちゃうかもしれない。むこうに行こう」

「……わかった」

ニャン。

うなずき合って、駆け足でたき火があった辺りに移動する。ここまでくればもう光は届かないみたいだった。

「ふう、もうだいじょうぶかな……」

とりあえずはひと安心だ。せっかくの夜の冒険なのに、大人たちに見つかって連れ戻されるなんてことになったらがっかりだもんね。

と。

ニャー、ニャー！

ニャン太が何やらやたらと鳴いていた。どうしたんだろう？

「……アキにぃ、これ……」

ウミちゃんがこわばった顔である場所を指さした。その先には、びっしょりと濡れたようなあとがあった。傍らには、昼間にも見た、何かが這いずったようなあとが砂の上に残っている。

濡れたあとは、さらに砂浜の先へと続いていた。

「これって……こ、このさきに、うみぼうずがいるってこと……？」

「……」

無言でうなずき合って、どちらともなく歩き出す。

這いずったあとは、それほど長くは続いていなかった。二十メートルほどで、終点へと達する。

そして、そこに、それはいた。

ぴちゃ……ぴちゃ……

何かが滴《したた》るような水音。辺りにはむせるような潮の匂いが漂い、その中には何やら生臭《なまぐさ》いにおいも含まれている。眼前の闇の向こうには、丸みをおびた不気味な影が砂浜にしがみつくようにして横たわっているのが見えた。え、な、なにこれ……？　まさか本当に海坊主が……？

「……ア、アキにぃ……」

「う、うん……」

「…………」

ウミちゃんがすがるような目で見上げてくる。ウミちゃんは歳下だし女の子なんだし、ニャン太は猫なんだし、こ、ここはボクが何とかしないと……！

大丈夫だから、とウミちゃんを後ろに下がらせて、代わりに一歩前に出る。

踏みしめた砂がジャリっと鈍い音を立てた。喉の奥が渇《かわ》いて張り付きそうになっている。心臓がうるさいくらいに鼓動《こどう》しているのが分かった。

ゴクリ、と唾《つば》を飲み込む。

そして、思い切って懐中電灯を影に向かって照らすと、そこにいたのは——

「え、こ、これって……」

「……あ……」

思わず二人とも声がもれてしまう。

その先にいたのは、海坊主などではなく。

懐中電灯《かいちゅうでんとう》の小さな光に照らし出されていたのは——ウミガメだった。


そういえば、聞いたことがあった。

瀬戸内のこの辺りの海にはアカウミガメが多く生息していて、産卵のために砂浜にやって来ることがあるのだと。海鳴の手つかずの環境は、産卵に非常に適しているとのことだった。

ウミガメは、必死になって卵を産んでいた。

青白く降り注ぐ月の光に覆われて、涙を流しながらその力を振り絞って、自らの子どもを一つまた一つとこの世界に産み落としていく。その涙が塩分を含んだ湿潤液《しつじゅんえき》だということを知識として知っていたけれど、間近で見るそれはまさに涙に他《ほか》ならなかった。母なるものが新たなる生命を産み出す慈《いつく》しみの結晶。その一連の行動はまさに生命の縮図ともいえるものであって……

「すごい……」

「……わあ……」

しばらくの間、ボクたちはその神秘的な光景に目を奪《うば》われてしまう。

時間が経《た》つのも忘れて、ボクらは呆然《ぼうぜん》とただその営みを見つめていた。

やがて十五分ほどが経ち、ウミガメは全ての卵を産み終わったようだった。まだ柔らかな卵の上に砂をかけて隠すと、そのまま重い身体を引きずって海へと帰っていった。あとには、ここに続いていたものと同じ、這いずった跡が残っていた。

「うみぼうず、いなかったね……」

「……うん。でも、うみぼうずよりもすごいもの、みた」

「そうだね……」

どこかふわふわとした心地でそう言い合う。

本当に、得難い体験だった。不思議な高揚感と連帯感が二人の間にはあった。何となく流れている空気が柔らかいというか、そんな感じ。

さっきまではベタついていた潮風が心地好く感じられた。ウミちゃんはまだウミガメが去った方を見つめていて、ニャン太は砂の上で寝転びながら背中をかいている。

今なら、きけるかもしれない。

少し前から、心に引っかかっていたこと。

ボクは、気になっていたそのことを、きいた。

「あのさ、ウミちゃん。ちょっときいていいかな」

「……ん？」

ウミちゃんがこっちに顔を向ける。

「ええとね、ほら、この前の『カブトムシ神隠し事件』なんだけど……」

そこで一度言葉を切って。

「あれ、ウ、ウミちゃんだよね？」

「……」

ウミちゃんの表情が変わった。

「もしも違ってたら、ごめん。でもいろいろとかんがえてみて、ウミちゃん以外にはありえないんだ。あの辺りの道を全部わかってて、木につけた印がかわっていても〝カブ狩り場〟に似たくぬぎの木まで案内できるのは……」

「……」

「べつに怒ってたり、せめたりしてるわけじゃないんだ。ただどうしてあんなことをしたのか気になって……」

そう、ただ不思議だったんだ。

ウミちゃんが、そうした理由が。

「……う……」

「？　ウミちゃん？」

「……う……ううっ……ぐすっ……」

「ウ、ウミちゃん⁉」

な、泣いてる……⁉

これは完全に予想外の反応だった。こ、こんなつもりじゃなかったのに……！　どうしていいか分からなくなるボクに、ウミちゃんは途切れ途切れに小さく口にした。

「……あげ……たかったの……」

「え……？」

「……お、おおくわがた……アキ、にぃにあげたくて……」

「オオクワガタ？　ボクに……？」

「……う、うん……ご、ごめん、なさい……」

声を詰まらせながらそう懸命に言ってくる。話をまとめてみると、どうやらこういうことらしかった。ウミちゃんは……ボクにオオクワガタをプレゼントしてくれようとしていたらしい。秘密で採集しておいて、なつやすみの最終日にサプライズで渡してくれるつもりだった。この辺りでオオクワガタがとれる木は〝カブ狩り場〟にしかないため、被ってしまわないように、分岐点の目印を変えて違う場所に誘導していたとのことだった。

「……ア、アキにぃ、くわがた、すきだし……おおくわがた、あげれば、とうきょうにもどっても、うみなりのことをおもいだしてくれるとおもって……」

「……」

「……あえるの、いちねんに一回だけだから、こうしないと、ウミたちのことをわすれちゃうかもって……」

「ウミちゃん……」

そんなことを考えてくれていたのか。

ウミちゃんのささやかな願い。時々くれるプレゼントにも、もしかしたらそういう意味があったのかもしれない。なつやすみの間だけ海鳴の一員になるボクが、東京に戻っても〝仲間〟であり続けられるようにと。

「——ありがとう、ウミちゃん」

ボクは言った。

「……え……」

「ウミちゃんのその気持ち、うれしかった。東京に戻っても、ボクはこのなつやすみのことを、ウミちゃんたちのことを忘れたりしない。ウミちゃんがくれたプレゼントを見て、きっとまいにち思いだすから」

「……ア、アキにぃ……」

「やくそく、する」

「……うん、やく、そく……」

指切りげんまんをする。

一度目のなつやすみの時も、このウミちゃんのプレゼントにこめられた意味を知っていれば、その後のボクたちの関係も少しは違ったのだろうか。今となってはもう分からないけれど、新しく生まれたこの二度目の約束を、絶対に大切にしようと決めた。

ニャー。

傍らでは、こっちを見ながらどこか満足げにニャン太が鳴いていた。

4

「なーんだ、うみぼうずのしょうたいって、ウミガメだったのかよ」

みんなのところに戻り、顚末を話すと、タケオが拍子抜けしたような声でそう言った。

「ま、そんなこったろうと思ってたぜ。うみぼうずなんて、ほんとにいるはずないもんな」

「タケオ、本気でこわがってたくせに……」

「な、なんだよう……」

モミジが呆《あき》れた目でタケオを見る。

「つまり、産卵のために上陸したウミガメがタケオの釣り道具と花火の上を通ったから、あんな風にぬれてたってわけなんだね。なるほど」

カイ兄ちゃんが、いつもと同じ穏やかな口調でそう口にする。カイ兄ちゃんのことだから、きっとウミちゃんの目が赤いことに気が付いていたと思う。でもそのことには触れないでくれていた。

「ちぇっ、でもざんねんだぜ。せっかくのこった花火はとっておいて、ニャン太の誕生日会のときにはでにつかおうと思ってたのに」

「しょうがないじゃない。花火がなくても、ニャン太はよろこんでくれるよ」

「そうだけどよお。うーん……」

いまいち納得のいかない様子のタケオ。タケオは花火が好きだからなあ。

ともあれ『海坊主出没事件』についてはこれで解決だった。一度秘密基地に戻って荷物を置いてから、家に帰ることにする。

「にしても、なんでウミガメはこんなところにきたんだろうな。こんななんにもないところによ」

タケオが道すがら不思議そうにそう口にした。

「ウミガメは静かでまっくらな場所を好むっていうからね。この砂浜は夜になるとほとんど人も来ないし、卵をうむのにいい場所だったんじゃないかな」

「そっか。さすがカイ兄ちゃん、いろんなこと知ってんだな」

「そんなことないよ。本で読んだだけだから」

タケオの言葉にカイ兄ちゃんが笑って首を振る。

あれ……？

そのやり取りに何だかしっくりこないものを感じた。うまく言えないんだけれど、何かが引っかかった。どうしてだろう……？

「……アキにぃ、どうしたの？」

「え？　あ、うん」

ウミちゃんに呼ばれて我に返る。

違和感の正体は分からなかったけれど、分からないということはきっと大したことじゃないんだろう。そう思って、その場は気にしないことにした。

「──なあ、でも今日はほんとにたのしかったよなー」

秘密基地まで戻ったところで、タケオが弾《はず》んだ声でそう口にした。

「ちょっとこわかったけど、なんかすげぇわくわくした。やっぱアキを入れた、おれたち五人はさいこうだぜ！　ずっとこうしていっしょにあそんでたいよな。おとなになっても、住む場所がかわったりしても、おれたちはずっと〝仲間〟で、友達で……」

神社を見上げるようにしてそう言う。

「そうだね……」

タケオの言葉に、ボクは少しだけ複雑な気持ちになった。おとなになってもずっと〝仲間〟。その響きが心地好くも、同時に空しく感じられる。それはボクたちがバラバラになってしまった未来を知っているからかもしれない。

「ねえ、それだったらみんなで約束しない？」

と、モミジがみんなの顔を見回して言った。

「約束？」

「そう。わたしたちは、これからもずっと〝仲間〟。大人になっても、おじいちゃんおばあちゃんになっても、ずーっとずーっとかけがえのない友達。〝ニャン太団〟の一員として、つながってるって」

それはそこまで深く考えずに口にした言葉だったのかもしれない。子ども時代に一度は話に出る、他愛もない思いつき。だけどその提案は、とても魅力的に聞こえた。

「お、それいいじゃん！　しようぜしようぜ！」

「……ウミも、さんせい」

「そうだね、いつまでもいっしょに笑って過ごすことができればいいなって、僕も思う」

タケオたちもその提案に賛同する。

「ほら、アキはどうなの？　〝ニャン太団〟の副リーダーはアキなんだから、そっせんして決めてくれなきゃ」

「え、そ、そうなの？」

いつの間に⁉

「だってアキはみんなのまとめ役でしょ。ニャン太を最初に見つけたのもアキだし、一番好かれてるのもアキだしね」

「おうよ、やっぱアキがいねぇとはじまらないからな」

「……アキにぃがいるとニャン太のしっぽのたちかたがちがう」

「僕も、みんなをまとめるのはアキが一番向いていると思うよ」

口を揃えてそんなことを言ってくる。う、ま、まいったな……

見上げれば空にはいくつもの星が輝いていた。その中でも一際目立っているあれは、夏の大三角だろうか。デネブ、アルタイル、ベガ。夜の蒼《あお》い空に白く浮かび上がり、まるでこの時が永遠であるかのようにまばゆくきらめいている。

そんな星空を目にしながら、コホンと咳払《せきばら》いをして、ボクは言った。

「んー、ええと、それじゃあここに宣言します。ボクたちは、〃ニャン太団〃の一員として、今までも、そしてこれからも、困っている時は助け合って、いつまでも、どんな時にでも〃仲間〃で友達であり続けることを約束します」

「おう、やくそくするぜ！」

「うん、わたしたちは……ずっと〃ニャン太団〃だよ」

「……いつまでも、いっしょにいたい」

「本当に、このなつやすみが終わらずに続けばいいのにね」

星空の下で誓《ちか》い合う。

それはボクたち五人と一匹だけの、秘密基地での約束。

その様子を、ニャン太が目を細めながら見つめていた。

右手の火傷は、重傷だった。

意識はあるものの、痛みがひどくなってきてしゃべるのも辛いようだ。ただ苦しそうに荒い息で呼吸をしている。早く病院につれていかないと……！

お、おい、これ、どうなってるんだよ……!?

まさか、こんなことになるなんて……

……うそ……

いつの間にか、みんなが集まってきていた。今日はここでニャン太の誕生日会が開かれることになっていたのだから当然といえば当然なのかもしれないけれど、それにしては早い。まだ開始時間まで一時間以上あるのに……

そうだ、ニャン太は……！

ここにいるはずの、六人目の〝仲間〟を思い出す。着いてからずっと姿が見えないのが気になった。うまく逃げてくれていれば……

その時に、その声が聞こえた。

ニャン太がまだ神社の中にいる……！

そう叫んだのはだれだったか。だけどその言葉は、聞き逃せないものだった。考えるよりも先に反射的に身体が動く。だけど。

ダメだ、もう間に合わない！

そんな声とともに腕《うで》をがっちりと掴《つか》まれた。そんなことない！　まだ間に合う！

ニャン太を助けないと！　そう声をあげるボクの前で、最後まで残っていた柱がガラガラと崩れ落ちた。火の粉が飛び散り、熱風が肌を乱暴に洗う。

ニャン太……！

どうにもならなかった。

ただ目の前で、炎に包まれていく神社の残骸《ざんがい》を、呆然と見ていることしかできなかった。

「ニャン太……！」

目が覚めると、パジャマ代わりのランニングがびっしょりと濡れていた。

喉の奥がカラカラで、声も出せないほどだった。

見ていたのは、夢でありまたボクの記憶。

なつやすみの最終日に起きた火事。それは秘密基地と神社とを全焼させた。大事なものを失わせもしたし、消えない傷跡を残しもした。

原因は、不明だった。

自然によるものかもしれないし、人の手によるものかもしれない。何によって火が出たのかは特定できないとのことだった。ただ炎が神社に燃え移ったのは、脱ぎ捨てた火の点いた上着が風に煽《あお》られて本殿に飛ばされたことによるものだということだけは、本人の言葉から明らかになった。

だけどその結果、ある者は火傷を負い、ある者は神社が全焼したことで別の町へと転校することになり、ある者は自らの行動に罪悪感を抱き続けることになった。そしてニャン太は……行方《ゆくえ》不明になり、ボクたちは、バラバラになった。

「……」

ずっと、考えないようにしてきたのかもしれない。

その可能性から目を背けていたのかもしれない。

だけどこの二十年前の世界に戻って来て、〝仲間〟たちと懐かしい時間を過ごして、あの時の記憶が少しずつよみがえってきた。

そう。

あの時に、あの場所に、〃仲間〃たちが全員揃っていた。まだ集合時間までにはだいぶ間があったはずなのにもかかわらず、一人も欠けることなくやって来ていた。それが指し示すことは……

「……」

やっぱり、このなつやすみは、一度目のなつやすみとまったく違う。

それはボクがタイムスリップをして、一度目のなつやすみとは違う行動をしてしまったことも影響しているのかもしれない。北京《ペキン》の蝶《ちょう》がはばたくとニューヨークで嵐《あらし》が起こる。あるいは風が吹けば桶屋《おけや》が儲《もう》かる、か。

だけど、それは悪いことばかりでない。

一度目と違うということは、これから先に起こることがまだ確定してはいないということ。結末を変えることができる可能性があるということ。

すなわち。

あの事件を――火事を回避できるかもしれないんだから。

なつやすみは、あと二週間——

Bokutachi no Natsuyasumi
Chapter3
第三話
なつやすみ第三週
『夏祭りと肝試し』
Bokutachi no Nats
uyasumi
achi no Natsuyasumi
Prologue
ローグ
事件』

盆踊《ぼんおど》りの昔ながらのゆったりとした音は、祭の風景を思い出させる。

ゆらゆらと夜の闇に揺れる雪洞《ぼんぼり》の光が蛍《ほたる》みたいだった。

0

「いよいよあしたからぼんおどりだなー」

夏祭りの準備が進められている町並みを見て、タケオが言った。

「やきとりにやきそば、わたあめにりんごあめ……くー、なにから食べるか、まよっちまうぜ」

「タケオは食べることばっかりね」

「……くいいじがはってる」

「まあまあ、タケオのこれは毎年のことだから。年中行事みたいなものだよ」

「カイ兄ちゃん、それフォローになってないぜ……」

海鳴町では、八月のお盆終わりに盆踊り大会が行われる。この時期になると町の中心にある広場に大きな盆踊り用のやぐらが組まれ、あちこちに雪洞や提灯《ちょうちん》の飾り付けがされるのだ。この光景を見ると、なつやすみも半分過ぎたんだなあと少しだけ寂しい気持ちにおそわれたりもする。とはいえ屋台が出店されたり花火大会が開かれたりすることもあり、このお祭りはボクたちにとってなつやすみ最大の楽しみと言っても過言ではなかった。

「でも、楽しみだよね。わたしはやっぱり浴衣《ゆかた》が着られるのがうれしいな」

「……ウミも、あたらしいの、ばっちゃにぬってもらった」

「そうなんだ？　わー、明日みせっこしようね！」

「……うん」

モミジとウミちゃんが盛りあがる。

「えー、浴衣なんてどうでもいいだろ。やっぱくいもんだよ、くいもん」

「タケオはほんとにこどもよね……」

「……どうしようもない」

心の底から呆れた目でモミジとウミちゃんがタケオを見た。

「なんだよう。これだから女子はめんどくさいんだよ。な、アキ、カイ兄ちゃん」

「え、うーん……」

「タケオは食べ物以外にも、少し興味を持った方がいいかもしれないね」

ボクとカイ兄ちゃんの意見が一致した。

「ちぇっ、二人とも女子のみかたかよぉ。うらぎりものー」

タケオが両手を頭の後ろにやってそう口をとがらせる。少しの間不満そうだったけれど、すぐにみんなの顔を見回してこう言った。

「まあいいや。それじゃあ明日は、七時にひろばの入り口んとこにしゅうごうな！　おくれたらばつゲームだからな」

いつもの言葉で、その日の〝ニャン太団〟の会合は締めくくられた。


「そっかぁ、明日はもう盆踊り大会なんね。日が経つのは早いねえ」

家に帰ると、叔母さんがはーっと息を吐きながらそう言った。

「アキくんの浴衣、出しておかないと。アキくん、去年よりだいぶ背も伸びたから、着られるかしら」

「子どもの成長は早いからねえ。あれだったらほら、叔父さんのお古を出してあげてもいいんじゃないかな」

「いくら何でもそれは大きすぎるでしょ。もう、あいかわらず馬鹿なんだから……」

「とほほ……」

部屋の隅にあるラジオからはニュースが流れ、アナウンサーが今日の高校野球の結果を告げている。九対一で、ＰＬ学園が都城《みやこのじょう》高校を制して準々決勝進出を決めたようだった。

「ええと、アキくんの浴衣はこの辺りに……あらら、やっぱりちょっと小さくなってるかしらねえ。これはお直ししないとダメかしら」

簞笥《たんす》の奥から出してきた藍色《あいいろ》の浴衣を見て叔母さんが言う。

「あ、だったら、私がやっていいかな？」

と、久美ちゃんが小さく手を上げてそう言った。

「アキちゃんの浴衣、ぬいこみがあったはずだから、私でもお直しできると思う」

「久美が？　でもあんた、夏の間はあんまり調子がよくないんだから、無理しない方がいいんじゃない。それにピアノの練習もあるんだから忙しいんでしょう？」

叔母さんのその言葉に久美ちゃんは首を振る。

「ううん、お裁縫《さいほう》くらいだったら疲れないから大丈夫だよ。それにほら、私、あんまりアキちゃんといっしょに遊べないから、これくらいはやりたいんだ」

少しだけ寂しげな笑顔だった。確かにこのなつやすみ、久美ちゃんといっしょに遊んだのは片手で数えるほどの回数しかない。ボクが朝ご飯を終えるとすぐに外に飛び出していってしまうというのもあるかもしれなかった。外に出られない、というわけではないらしいんだけど、夏の暑さは久美ちゃんの身体には少しばかり堪えるとのことだった。

「うーん、だったら久美にお願いしちゃおうかしら。アキくんもそれでいいかな？」

「うん！」

いいも悪いもなかった。大変かもしれないけど、久美ちゃんに浴衣を直してもらえるのは素直に嬉しい。

「ふふ、きれいにお直しするから。楽しみにしててね」

そんなボクの顔を見て、満足そうに久美ちゃんが笑った。

1

翌日。待ち合わせ時間よりも少し早く家を出たのは、町の景色をのんびりと眺《なが》めながら行きたかったからかもしれない。

久美ちゃんが直してくれた浴衣に袖《そで》を通し、叔母さんたちに見送られて家を出る。道を歩いていると、遠くから風にのってお囃子《はやし》の音が聞こえてきた。道脇に立つ木に飾り付けられた提灯が、日が落ちて夜になりかけた町の風景に橙色《だいだいいろ》の光を落としている。辺りを見れば同じように浴衣を着た楽しそうな子どもたちの姿が見えた。町全体がお祭り会場になったかのようなこの独特の雰囲気が、ボクは好きだった。

途中で秘密基地に寄って、ニャン太を連れ出す。お祭りの気配を感じているのかニャン太も少し興奮気味のようだ。そのままニャン太を腕に、周囲の喧噪《けんそう》を眺めながら広場に向かってゆっくり歩いていると、途中にある家から浴衣姿の見知った顔が出てくるのが目に入ってきた。ん、あれって……

「モミジ……？」

「え、ア、アキ？」

やっぱりモミジだった。こっちに気がつくと、モミジは慌てたような表情になって目を瞬かせた。

「ど、どうしたのよ、こんなに早く。まちあわせまでまだ三十分もあるのに」

「あ、うん、ちょっとその辺をふらっとしたい気分で」

叔父さんみたいな受け答えをしてしまった。ちょっとじくさかったかな……

だけどモミジは特に気にしていないようだった。ほっと胸を撫で下ろして、尋ね返す。

「モミジこそどうしたのさ。それに、ここって」

モミジの出てきた建物に目を遣る。そこはラジオ体操に行く途中に何度も見かけた、東京から来たお姉さんがやっている小さなガラス工房だった。

「あ、えっと、それは、その……」

「？」

「あの、何ていうか、ええと……」

モミジはもごもごと言い淀《よど》んでいたが、やがて諦めたように息を吐いた。

「あー、もう。アキにはそのうち言うつもりだったからいいけどさ。どうせなら驚かせたかったのに……」

モミジはボクの顔を見ると、少しだけ声を小さくしてこう言った。

「実はわたし……ちょっと前から、ここでガラス細工を習ってるの」

「え、そうなんだ？」

「うん。ラジオ体操に行く時に見かけてからずっと気になってて。工房のショーウインドウにかざられてるのが、すっごくきれいだなって。それで思いきってたのんでみたんだ」

全然知らなかった。だけど言われてみればモミジはここを通る時にしばしば工房の方を気にしていたような気がする。それにここのところ、モミジは〝ニャン太団〟の集まりに欠席したり、遅れてやってくることが多かった。どうしたのか不思議に思っていたけれど、それはもしかしてこれが理由だったのだろうか。

考えを巡らせていると、モミジがもじもじと左手を差し出してきた。

「あと……ちょうどいいから、これ、あげる」

「？」

モミジの手の平にあったのは、直径三センチほどの小さなガラス細工だった。猫の顔の形をしたかわいらしい作りで、額のところに①と数字が書かれている。雪洞の灯《あか》りを受けて、それは橙色にキラキラと輝いていた。

「これって……」

「えっと……これ、わたしが自分ではじめてつくったんだ。ニャン太の顔を見本にした〝ニャン太団〟の団員証。アキは一番」

「え、そうなんだ。すごい！」

思わず手の中のガラス細工を見返す。小さなニャン太の顔はよく見るとかなり細やかな作りで、とてもよくできていた。

「そ、そんな大したものじゃないよ。ガラス細工としては簡単な方だし、それに作るのがおそいからまだアキの分しかつくれてないし……。でも、なつやすみ中にはみんなの分もできると思う。ニャン太と出会った順番で番号をきめてるから、タケオが二番で、わたしが三番。ウミちゃんが四番でカイ兄ちゃんが五番になる予定かな」

遠慮がちにそう口にする。大したことはないとモミジは言うけれど、これだけのものを一人で作りあげるのが簡単じゃないだろうってことくらいはボクにも分かった。本当にすごいなあ……

「あ、でもリーダーはニャン太なんだから、ニャン太が一番の方がいいんじゃ……」

「ん、それはだいじょうぶ。ニャン太にはリーダー用の特別な何かをつくろうと思ってるの。色違いとかで。首輪につけられるのがいいかな。ね？」

モミジがニャン太の頭を撫でながら言う。腕の中のニャン太も「問題ない」と言いたげにニャーと短く鳴いた。ん、それならいいのかな。

「そっか、じゃあありがたくもらうね。大切にする！」

「う、うん。でもこのこと、みんなにはひみつにしててほしいんだ」

「？　べつにかくすようなことじゃないのに」

「い、いいの。とにかくこれはアキとわたしだけのひみつにしておいて。いい？」

「うーん、分かった」

理由はよく分からないけれど、秘密にしておいてくれと言うのなら、だれかに話すつもりはない。

受け取ったキラキラと輝く団員証を見返して改めてその出来映《できば》えに感心していると、モミジがちらちらとこっちを見ていた。

「それよりさ、他に何かないの？」

「え？」

「ほ、ほら、団員証もいいんだけど、今日はお祭りなんだし、なにかいつもとちがうとは思わない？」

きゅっと、淡い朝顔が散らされた浴衣の裾を握りながら見上げてくる。あ、そうか。

「モミジ、浴衣にあってる」

「……おそい。でも、気づいてくれたからよしとする」

ぽんぽんとボクの頭を叩いてうれしそうに笑う。その笑顔はまるで向日葵《ひまわり》が咲いたような晴れやかなもので、見ているこっちが楽しくなるようなものだった。

こういうところは、本当に昔から変わらないな。

モミジとボクが初めて出会ったのは、五年前だった。ボクがこの海鳴町にやってきた最初の年。期待と不安に胸を躍らせて、叔父さんの家を抜け出して町のあちこちを探検していた時に、神社で捜《さが》しものをしていたモミジと出会ったのだ。

最初は、男の子かと思った。

短く無造作に切られた髪、日に焼けた肌、動きやすそうな半ズボン。喋り方も乱暴で、最初ボクのことを「おまえ」って呼んでいたような気がする。

だけどすぐに分かった。

少し会話をして、行動を共にしてみれば、すぐに目の前のその子が女の子だって分かった。

ちょっとした所作《しょさ》や、周りに対する気遣《きづか》いが、そして何よりも、うれしいことがあった時に見せる屈託のない無邪気《むじゃき》な笑顔に、女の子特有の柔らかさが含まれていたから。

『な、なんだよ、じろじろみて』

『ううん、かわいいえがおだなって』

『！　お、おまえ、なにいってんだよ』

『？　なにって、そうおもったからいったんだよ。かわいいえがおのおんなのこだなって』

『……へ、へんなやつ』

今思えば、我ながら初対面で何を言ってるんだろうって思う。

だけど不思議とモミジとボクとは意気投合した。

その後、二人でいっしょに遊びに行き、そこでちょっとした事件と遭遇《そうぐう》して、それ以来仲良くなったのだった。


「どうしたの、アキ。ぼーっとして」

「あ、うん、ちょっと昔のことを思いだしてたんだ」

「昔のこと？」

モミジが怪訝そうな顔になる。

「うん、モミジと初めて会った時のこととか」

「あー、あの時のことかあ……」

ちょっとだけバツの悪そうな声になるモミジ。

「わたし、男の子みたいだったもんね。髪はみじかかったし、言葉づかいも乱暴だったし……」

「うんうん、自分のことを「おれ」とか言ってた」

「そ、そんなことは言ってないってば！」

もう……と苦笑いをしてモミジが軽く背中を叩く。浴衣の袖《そで》が小さく揺れた。

「だけど、すぐに気づいてくれたのは、アキだけだったんだよね……」

「え？」

「あ、う、ううん、何でもない。いこう。少しでもおくれると、またタケオがうるさいから」

「あ、うん」

モミジに手を引っ張られて走り出す。

雪洞の灯りが、夜の闇に溶けて帯のように後ろに流れていった。

2

「お、やっときた。おせーぞ、アキ、モミジ」

　待ち合わせ場所である広場の入り口に着くと、タケオはもうすでにやって来ていた。目を輝かせながら落ち着かない素振《そぶ》りで身体を動かして、こっちに向かってぶんぶんと手を振っている。うーん、カブトムシの時しかり、普段は大ざっぱなのにこういう遊びの時は早いんだよなあ。

「まったく、タケオはこういう時だけはりきるんだから……」

　モミジも同じ感想のようだった。

「まったく、なんでみんなこんなおそいんだよ。ふつうこういうお祭りの日だったら十五分まえしゅうごうだろ。おれ、まちきれなくて一時間まえからきてたんだからなー」

「……タケオ、ばかでしょ……」

「う、うーん……」

　そこは否定できない。

はしゃぐタケオを、モミジと呆れた目で見ていると、ウミちゃんとカイ兄ちゃんもやって来た。

「あれ、みんな早いね。タケオもいるんだ」

「……タケオはこういうときだけはやい」

やっぱり同じ感想だった。タケオに対するみんなの認識は共通しているということが再確認された瞬間だった。

ともあれ全員が揃ったので移動することにする。

広場に入ると、盆踊り会場はすでに大勢の人で賑《にぎ》わっていた。会場の真ん中にある大きなやぐらを囲むようにして、老若男女《ろうにゃくなんにょ》様々な人たちがお囃子の音色に合わせて盆踊りを踊っている。この辺りに住んでいるほとんどの人たちがやって来ているのだろう。この町で、ここまでたくさんの人数が集まっているのを見るのは珍しいことだった。

「さ、まずはくいもんくいもん！」

タケオが盆踊りのやぐらには目もくれずに、真っ先に食べ物の屋台が並んでいる一角へと走り出す。わたがし、イカ焼き、りんごあめ、タコ焼き、焼きそば。どれもおいしそうで、これ以上ないくらいに魅力的に映る。

「おっちゃん、イカやき一つ。あとやきそばも！」

「タケオ、おこづかいは五百円なんだから、考えて使わないとすぐになくなっちゃうよ？」

「いいんだって、こういうのはノリで買わないと！　あ、おばちゃん、リンゴあめも！」

「もう……」

これっぽっちも躊躇《ちゅうちょ》せずにひたすらほしいものに手を出すタケオに小さくため息を吐いて、広場中央のやぐらに目を遣る。

やぐらの周りでは、色とりどりの雪洞や提灯が夜の闇の中に浮かび上がって、幻想的な光景を描き出していた。赤、黄、橙、白、青。そのコントラストはそれ自体まるで一つの絵か何かであるかのようで、しばらくの間目を奪われる。うん、きれいだな……。

「ねえ、アキ。久美ちゃんは、今日も来られないのかな？」

「え？」

と、ふいに隣にいたカイ兄ちゃんがそう訊いてきた。

「あ、うん。家で休んでるって」

出がけに当然久美ちゃんも誘ったのだけど、やっぱり今日も来られないとのことだった。もしかして昨日の夜に浴衣を作り直してくれたせいじゃないのかとも思ったけれど、久美ちゃんは笑ってそれを否定した。「もともと人が多いところは苦手だから、盆踊り大会はおやすみすることにしてたの。だからアキちゃんのせいじゃないよ」と言っていた。本当のところは分からないんだけれど……

「そっか。残念だな……」

カイ兄ちゃんが少しだけ声を落とす。カイ兄ちゃんは久美ちゃんと同じ学年だから、余計に気になるのかもしれない。

「なああアキ、金魚すくいしょうぶしようぜ！　どっちがたくさんとれるかきょうそうだ！」

「あ、うん」

タケオの声でカイ兄ちゃんとの会話が中断される。

「ふつうの金魚は一点で、でめきんは点数二倍の二点、コイは三点だかんなー。ほら、カイ兄ちゃんもやろうぜ！」

「ん、そうだね」

タケオに促されて、まだ少し何か言いたげだったカイ兄ちゃんと二人で、金魚すくいの屋台へと引っ張られていく。

「だー、まけたー！」

「ん、おしかったね、タケオ」

「ボクたちの勝ちだ」

「くー、カイ兄ちゃんにまけるのはしょうがないけど、アキにもまけたのはなんだかなっとくいかないぜ……」

金魚すくいは、カイ兄ちゃんが五匹、ボクが三匹、タケオがかろうじて一匹の成果だった。タケオが意外と口ほどにもなかったのはともかく、やっぱりカイ兄ちゃんは何をやっても一番うまいんだよね。

「くっそー、しきりなおしだ。よーし、次はくじびきやろうぜ、くじびき！」

タケオがそう言ってくじ引きの屋台へと向かう。捻《ねじ》りはちまきをしたおじちゃんが店番をしている昔ながらの屋台。景品の棚を見て、タケオが目を輝かせた。

「え、おっちゃんおっちゃん、いっとうのけい品がファミコンって、ほんとに!?」

「ああ、そうじゃよ。ソフトも一本ついとる。やってくか？」

「もちろん！　やるやる！　スーパーマリオじゃん！」

興奮した面持ちでタケオがくじ引きに挑戦する。

ファミコンことファミリーコンピューターは、この時代、子どもたちの憧《あこが》れだった。およそ一年前の昭和五十八年に発売された家庭用のゲーム機。ゲームセンターなどでしかできなかったゲームが手軽に家庭でもできるということで、持っているだけで羨《せん》望《ぼう》の眼差《まなざ》しで見られたものだ。

「あー、くっそー！　はずれだ！」

「残念じゃったのう」

「うーん、わたしもはずれ……」

「……ウミも」

「僕もダメみたいだ」

みんな結果は芳《かんば》しくないようだった。おじちゃんから参加賞のコーラ飴《あめ》を渡される。

そんな中、

「ええとボクは……あ！」

折りたたまれた紙の中から出てきたのは四等の文字。四等の棚に置かれていたのは……蚊取り線香入れだ。

「なんだ、四等かー。ファミコンがあたったのかと思って、きたいしちまったぜ」

タケオが拍子抜けしたようにため息を吐く。

「えー、でもこれ、かわいいと思うよ。アキ、いいの当てたって」

「……うん、ぶたさん」

タケオとは違い、モミジとウミちゃんには好評だった。二人で蚊取り線香入れを手に取って、弾んだ声をあげている。

実のところ……一度目のなつやすみでも、ボクはこのくじ引きで蚊取り線香入れを当てていたのだ。豚《ぶた》の形をした懐かしいデザインの蚊取り線香入れ——蚊遣《かや》り豚《ぶた》。叔父さんの家にはもう蚊取り線香入れはあったので、秘密基地に置いてニャン太用として使っていた。

「ね、ね、これ秘密基地においておかない？　秘密基地、蚊が多いしかわいいものも少ないし。どうかな、アキ」

「……にゃんたも、よろこぶ」

ニャー。

どうやらこのなつやすみでも、蚊遣り豚は同じ運命を辿りそうである。

「うん、いいよ。そうする」

「わ、やった！」

「……アキにぃ、ありがとう」

ニャン。

モミジたちは本当にこの蚊遣り豚を気に入っているようだった。うん、どうせなら喜んで使ってくれるところに置いた方がいいよね。

「よーし、んじゃ次はしゃてきだ。どんどんいくぜ！」

タケオの号令にみんながうなずき返して、次の屋台へと向かっていく。


その後も、様々な屋台を回った。射的《しゃてき》、ヨーヨー釣り、型抜き、輪投げ。もらったお小遣いをうまくやりくりして順番に回っていく。どれも懐かしくて楽しくて、みんなで盛りあがった。最後の方では、タケオが一人おこづかいを使い果たして悲鳴を上げていたけれど、それはまあ自業自得《じごうじとく》ということで、しょうがないよね。


「はー、あそんだあそんだ！」

んー、と両手を伸ばして、タケオが満足げにそう声を上げる。

「さいごはちょーっとだけもりさがったけど、すっげー楽しかったな。屋台もあらかたまわったし、あとはきもだめしまでのんびりしてるかー」

　ごろりと、広場の隅にある草の上に寝転がる。

　やぐらの周りでは、なおも盆踊りが盛況だった。広場の各所にあるスピーカーから流れてくる音頭《おんど》に合わせて、たくさんの人たちが輪になって踊っている。

　それを見たモミジが、こっちを向いて言った。

「ね、どうせだからみんなで踊ろうよ」

「え？」

「ほら、盆踊り。楽しそうだよ」

「えー、やだよ、かっこわりぃ」

　タケオが渋い顔になる。

「いいじゃない。せっかくのお祭りなんだし、なつやすみの思い出に」

「……うん、いいかも」

「そういえば、ちゃんと踊ったことってなかったよね。何年も通っているのに」

　ウミちゃんとカイ兄ちゃんがそう言うのを見て、タケオも渋々ながら首を振る。

「ちぇー、みんながそう言うならしょうがねぇか。ま、一年に一回なんだし、たまにはそういうのもありかもな」

「ほら、アキもいこう」

「うん」

笑顔で手を差し出してきたモミジに連れられて、盆踊りの列に加わる。踊っていた人たちは間を空けて、温かく笑顔で迎え入れてくれた。盆踊りは初めてだったので見よう見まねでどこかぎこちなく手足を動かす。簡単そうに見えて、うまく踊るのは案外難しかった。

「アキ、なんかおまえのおどり、へんだぞ。ふにゃふにゃしてる」

「タケオだって。手と足がいっしょに出てる」

「え、マジで?」

「……ロボットみたい」

「アキはタコで、タケオはロボットってところよね。でも思ってたより難しいな。カイ兄ちゃんはさすがだねー」

「そんなことないよ。何とか周りに合わせてるだけで」

ニャー。

一人だったら、恥ずかしくてこんな風に周りの目を気にせずに踊ることはできなかったかもしれない。

輪の中に入りたくても入れずに、ただ見ているだけだったかもしれない。

だけど今はみんながいる。〝ニャン太団〟の仲間たちが隣で笑っている。それだけで、不思議と何をするのにも、できないことなんてない心地だった。

雪洞の灯りが川面《かわも》に映った月のように揺らめく中、軽快な音頭に合わせて、みんなでただひたすらに踊り続ける。

その瞬間、確かにみんなの心は一つになっていた。

3

実は盆踊りの日には、楽しみがもう一つある。

それはお祭りが終わった後に行われる、肝試し大会だ。

場所は、とんがり山の中ほどにある共用墓地とその周辺。秘密基地のある神社からほど近いそこに、盆踊りが終わるの見届けてボクたちは向かった。広場から並んで十五分ほど歩く。迎えてくれたのは叔父さんだった。

「やあやあ、よく来たねえ、アキくん、みんな」

いつもと同じ人好きのする雰囲気に、どこかいたずらっぽい笑みを浮かべてボクらの顔を見回した。

「今年もおじちゃんたちはがんばっちゃうからね。気合いを入れておどかす準備をしたから、一週間くらい夜に一人でトイレに行けなくなっちゃったらごめんね」

この肝試し大会は大人たちが主催して行われるのだ。叔父さんの他に叔母さん、タケオのおじちゃんおばちゃん、モミジのお父さんお母さん、ウミちゃんとカイ兄ちゃんの両親も集まっている。加えて近所のおじさんおばさんやナマコじいちゃん、ガラス工房のお姉さんまでいた。みんな楽しげに「さ、今年はどうやって脅《おど》かそうかねえ」「ひっひっひ、楽しみ楽しみ」「今日のために一年間みっちり練習をしてきたんじゃよ」などと和気あいあいと談笑していて、大人たちにとってもこの肝試し大会はなつやすみの一大行事であることが見て取れた。

「ささ、まずは始める前にそこの炭焼き小屋に行こうか。そこでちょっとした話をしてから、みんなを地獄の一丁目に案内するからねえ」

叔父さんがロウソクを手にニヤリと不気味な笑みを浮かべる。

「う、こ、こわくなんかないんだからな……」

「そ、そう言いながらタケオ、ふるえてるじゃない」

「ち、ちがうって！　こ、これはあれだ、むしゃぶるいってやつだよ！　モ、モミジだって今からなきそうな顔しててんじゃんか！」

「！　そ、そんなことないんだから！　な、泣きそうな顔なんてしてないもん……！」

怖がっているのは主にタケオとモミジの二人だった。カイ兄ちゃんはいつも通り柔らかな笑顔のままだし、最年少のウミちゃんは意外にも落ち着いた様子で平然とニャン太を抱きかかえている。「……にせもののおばけだってわかってれば、そんなにこわくない」とのことだった。

炭焼き小屋に移動すると、叔父さんの話が始まった。

「むかしむかーし、この辺りには小さな村があって、そこで男が妻と子どもと暮らしていたそうな。男は善良な人間で、日々の営みに満足して慎《つつ》ましやかな生活を送っていた。だけどその村の領主はたいそう強欲《ごうよく》な性格をしていて……」

「……」

隣にいるモミジが、ボクの浴衣の袖をきゅっと握ってきた。さっきまでの反応からもうかがえるけれど、こう見えて、モミジはお化けとか怪談とかそういう類《たぐい》のものが大の苦手なのだった。

「ある時領主は、男の妻に目をつけたそうな。器量よしと評判だった男の妻に、自分の妾《めかけ》になるように命じたのだという。当然男はそんな要求など受け付けない。それに激怒した領主は、男の家に火をかけた。妻と子どもは焼け死に、男も苦しんだ挙げ句、領主への深い呪《のろ》いの言葉を口にして亡くなったそうだ。それ以来、領主の周りではおかしなことが起こるようになった。領主の親族が奇妙な死に方をしたり、屋敷が火災で全焼して人死にが出たり。それは男の幽霊《ゆうれい》の仕業《しわざ》だとされた」

「……」

叔父さんの話っぷりは堂に入《い》ったものだった、語り口や間《ま》の取り方が絶妙で、作り話だと分かっていても少し怖い。ボクでもこれなんだから、モミジたちにとってはなおさらだろう。

そんな中、いよいよ怪談はクライマックスに入っていく。

「——そして、とうとう男の恨みは領主本人へと向けられた。毎夜のように領主の夢《ゆめ》枕《まくら》に立つようになり、恐怖した領主はこのお堂へと隠れたという。だが領主が生きてお堂から出ることはなかった。翌朝、物言わぬ骸《むくろ》で見つかったという。その亡骸《なきがら》は、辺りには火の気《け》がないのにもかかわらず焼けただれて酷《ひど》い様《さま》だったとか。傍らには確かに葬ったはずの男の頭蓋骨と思われるものが落ちていて、領民たちは皆これは男の幽霊の仕業だとおののいたそうな。——もしかしたらその男の霊は、今も無念のあまりこの辺りをさまよっているかもしれないよ。…………ほら、きみたちのすぐ後ろに。ぎゃぁああああああ！」

「!!」

叔父さん得意の絶叫。それと同時に、何か仕掛けがしてあったのか炭焼き小屋の扉がガタン！　と音を立てて外れる。絶妙なタイミングだった。何かがくると分かっていても背すじがびくっとした。ここまでは平静を保っていたウミちゃんやカイ兄ちゃんですら固まっていて、タケオとモミジにいたっては顔を蒼白《そうはく》にしてほとんど気を失ってしまいそうな状態だった。

「ちょっとあなた、やりすぎよ。みんなびっくりしちゃってるじゃない」

「え？　あ、ご、ごめんごめん、ちょっと感情をこめすぎちゃったかな……」

「……」

手の込みすぎた演出に、場は完全に静まり返っていた。

叔父さんが気まずそうな様子で頬をポリポリとかく。

「え、ええと、それじゃあお墓を回る組を決めるくじ引きをしようか？　ほ、ほら、みんな、元気だしていこう？」

「……」

だれもが無言の中、叔父さんのやたらと明るい声だけが響き、組を決めるくじ引きをする。

ボクはモミジといっしょに回ることになった。


肝試しのルールは簡単だった。組になった相手と二人で、順路に従って共用墓地を回りながら、その奥にある小さなお堂からお札《ふだ》を取ってくるというものだ。灯りとなるものは小さな懐中電灯一つ。それ以外には月明かりと道に設置された僅《わず》かな灯りだけが頼りだった。

「それじゃあまずはタケオくんとウミちゃんの組からだね。お堂の場所は分かる？　雪洞が道を照らしてるから大丈夫だとは思うけど、足下《あしもと》には気をつけてね」

「お、おう……」

「……タケオ、こわがりすぎ」

明らかに気が進まない素振りを見せるタケオを、ウミちゃんが半ば引っ張るようにして連れていった。それをモミジが心許《こころもと》なそうに見送る。

「だいじょうぶだよ、モミジ」

「わ、わたし、別に……」

「お墓は暗いし、ぶきみだよね。ボクもちょっとだけこわいよ」

「う、うん……」

直後にお墓の方からタケオの「で、でたー！」という悲鳴が聞こえてくる。さらには「うぎゃー！」だとか「く、くるなよー……！」だとか「ふ、ふんぎゃあああああ……!!」だとかの絶叫。その度に、隣のモミジが「……っ」と不安そうに身を強《こわ》ばらせていた。

やがて二十分ほどして、タケオとウミちゃんが戻ってきた。ウミちゃんは顔色一つ変えていなかったけれど、タケオは足下も覚束無《おぼつかな》いようなひどい様子で、ほとんど抜け殻《がら》のようだった。

「……タケオ、なさけない」

その場にへなへなと倒れ込んだタケオを呆れたように見て、ウミちゃんが言った。

「……つぎはアキにぃとモミジねぇのばん」

「うん」

「そ、そうだね……」

「……だいじょうぶ。タケオはこんなふうになってるけど、おもったよりたいしたことなかった。アキにぃがいればあんしん。それに、ニャン太も」

「う、うん……」

そう言って、ニャーと平和そうに鳴くニャン太を手渡してくる。なおも不安げな表情で受け取るモミジといっしょに、お墓へと足を向けた。「アキくーん、男の子なんだから、モミジちゃんをちゃんと守ってあげるんだよ」。叔父さんのそんな声が、後ろから追いかけるように聞こえてきた。

お墓へ足を踏み入れると、そこは思っていたよりも暗かった。

周囲を雑木林に囲まれた敷地の中に、薄橙色の雪洞の光に照らされた墓石《はかいし》がぼんやりと幻のように浮かび上がっている。まるで夜陰の中をそこだけ切り取ったようで、それ以外の真っ暗な部分との対比が際立たされていた。さらにはどこからかお経《きょう》のような気味の悪い声が流れてくる。なむみょうほうれんげいきょうなむみょうほうれんげいきょうなむみょうほうれんげいきょう……。肝試しなんだから当然なんだけど、かなり不気味な雰囲気だった。

「……」

「だいじょうぶ、モミジ？」

「……え？　う、う、ん……」

「ゆっくりでだいじょうぶだから、気をつけて行こう」

懐中電灯で行く先を照らしながら、足下に注意して進む。

「……っ……」

と、モミジが何かを見つけたのか小さく声をあげた。その視線の先を追うと、雑木林の遥《はる》か向こうにかすかに光る青白い光が見えた。あれって人魂《ひとだま》の演出なのかな？

秘密基地の辺りだよね。ここからだとそこそこ遠い距離なのに、手が込んでるなあ
……と、そんなことを考えていると、
その時だった。

グワー！

「！」

ふいに木の陰から真っ白い何かが飛び出してきた。

「ひっ……！」

小さく悲鳴をあげて、モミジがぎゅっとボクの身体にしがみついてくる。あれは
……白いシーツを被ったお化けか。頭の上で一つにまとめられたモミジの髪の毛が鼻先をかすめて、何だか甘酸《あまず》っぱい柑橘類《かんきつるい》のような匂いがふわりと漂う。

白いシーツのお化けはしばらくの間、両手を上げて「グワー！」と声をあげながら

ボクたちの周りをうろうろしていたが、やがてピタリと立ち止まると、「うんうん、少年たち、青春だねー」と口にして去っていった。声からして、ガラス工房のお姉さんのようだった。

「だ、だいじょうぶ、モミジ？」

お化けが去ったのを確認してモミジに声をかける。

「……う、うん、何とか……って、あ、ご、ごめんっ！」

まだしがみついたままだったことに気がついたのか、モミジが弾かれるようにバッと離れた。慌てたような表情でぱたぱたと手を振り回す。

「ご、ごめんね、アキ！　び、びっくりしちゃって、つ、つい……」

「あ、うん、いいって」

別に大したことじゃないし。

「で、でも……っ……」

「ほんとに気にしないでだいじょうぶだよ。ね？」

「うう、ごめん……」

まだすまなそうな様子のモミジを促して歩き出す。するとそこから十歩も進まない内に、今度は通り過ぎた墓石の後ろから、包丁のようなものを持った鬼が走って追いかけてきた。

　ギャオー！

「きゃ、きゃあああっ……！」

　悲鳴を上げて、再びモミジが抱きついてくる。その力はさっきよりもだいぶ強いもので、間に挟《はさ》まれたニャン太が「ウニャッ」と小さく鳴いた。鬼はそんなボクたちの周りをグルグルと回りながら何度か「ギャオー！」と威嚇《いかく》の声を発した後、「うんうん、さすがアキくんだな。堂々としたもんだ。うちのタケオとは大違いだな」と言って去っていった。今のは……タケオのおじさん、か。

「……」

「……」

「……ご、ごめん……」

　そろそろとボクの身体から離れて、モミジが小さな声で言った。耳たぶの先まで絵の具で染めたように真っ赤だった。

「ううん、だいじょうぶ。今のはびっくりしたよね」

「……そ、そうだけど……」

「えんりょしないでよ。モミジがこうやってボクのことを頼りにしてくれるなんて、めったにないんだから」

「も、もう……」

ようやくモミジがぎこちないながらも笑顔を見せる。うん、やっぱりモミジは笑っていた方がいいな。

とはいえそれもそう長くは続かなかった。

年に一度のお祭りということで、大人たちも本気だったのだ。三歩進むごとに、物陰や暗がりから唐傘《からかさ》お化けや一つ目小僧《こぞう》、お岩さんが飛び出してくる。さらには糸に釣られたコンニャクが降ってきたり、背中に氷を入れられたりと、それはもう気合いの入った脅かしっぷりだった。

「……ううう……」

モミジはだいぶまいっているようだった。さっきから仔犬《こいぬ》のようにふるふると震《ふる》えながらボクの浴衣の袖を強く摑んで離そうとしない。うーん、変装自体にはよく見るとけっこう粗《あら》が目立つものも多いんだけど、出現するタイミングはこれ以上ないってくらいに見事だからあなどれないんだよね。ここは早いところお札を取って戻った方がいいかもしれない。

そう考えて、少しだけ早足になって進んでいくと、ようやく視線の先にお堂が見えてきた。

「ほらモミジ、もう少しだよ」

「……う、うん……」

力なく返事をするモミジの手を引いて、お堂へと近づく。すると扉の前に白い紙のようなものが置いてあるのが見えた。あれがお札か。よし、あれを持って帰れば肝試しも終了だ、と手を伸ばした時だった。

正直、油断していた。

ゴールが見えた安心から、いたずら好きな大人たちがこんな最も意表を突くことができる場所で何かをしてこないわけがないということを、すっかり失念していた。

お堂の中から、ガタリと何かが動く音が聞こえた。

直後に、

「こぉらぁあああああああ！　おめぇらあぁあああああああ！　お札ぁああ、置いてけぇえええええええええええ‼」

そんな大きな声とともにバン！　とお堂の扉が開かれ、中から何かが勢いよく飛び出してくる。

白装束《しろしようぞく》を着て、恨めしげな表情をした血塗《ちまみ》れの男だった。

「……い……」

一瞬、辺りの時間が止まる。

そして次の瞬間、

「……いやぁあああああああああ……!!」

暗闇をモミジの叫び声が貫いた。山の向こうまで届きそうな絶叫だった。続いて火が点いたように走り出す。その手からニャン太が滑《すべ》り落ちた。止める間もなく、そのままモミジは滅茶苦茶《めちゃくちゃ》に両手を振り回しながら、雑木林へと消えていってしまった。

「モ――モミジ！」

突然の出来事に一瞬何が起こったのか分からずに固まった後に、慌てて大声で呼びかける。その傍らで、血塗れの男がおずおずと声を上げた。

「え、ええと、叔父さん、またやり過ぎちゃったかな……？」

血塗れの男は、よく見ると白粉《おしろい》を塗りたくった叔父さんだった。しょんぼりと申し訳なさそうな顔でこっちを見たまま、所在なげに佇んでいる。道理で迫真の脅かしっぷりだったわけだ。フォローしてあげたかったけれど、今はその余裕はなかった。

「ボク、モミジをさがしてくるから！」

あの様子じゃ転んで怪我をしないとも限らない。早く追いかけないと。

その言葉に叔父さんは青白い顔をうなずかせた。

「あ、う、うん、そうだね。頼むよ。叔父さんたちも他の人たちに声をかけてすぐに追いかけるから」

叔父さんがそう言うのを確認して、ニャン太とともに、モミジの後を追って雑木林へと走ったのだった。

4

夜の雑木林は昼間とはそのよそおいを一変させていた。

生い茂る木々が月の光を遮り、景色を黒く塗り潰している。目に映るのはモノクロになった木々のシルエットだけ。注意して進まないと、突き出た枝に当たって怪我をしてしまいそうだ。ニャン太を腕に、慎重に枝を避けながら、下草を踏みしだいて走って行く。

幸いにも、モミジにはすぐに追いつくことができた。雑木林に入って三十メートルほど進んだところで、木々の間に浮かぶ朝顔柄を見つけ、大声で名前を呼ぶ。

「モミジ！」

「……っ……」

今度は声が届いたようだった。反応して足を止めたモミジのもとへ駆け寄り、両手を肩に置いてこっちを向かせる。モミジは驚いたように瞬《まばた》きをしながらも「ア、アキ……？」と返してきた。まだ少し混乱しているようだったけれど、その目には光が戻っていた。

「ふう、何とか追いつけた。だいじょうぶ？　枝で怪我とかしてない？」

「え、あ、う、うん」

パチパチと瞬きをさせながらうなずく。

「よかった。ごめんね、さっきはうちの叔父さんが……」

本人も言っていたけれどあれはちょっとやり過ぎだった。身内の大人げのない張り切りぶりを謝《あやま》ろうとすると、モミジは慌てて首を横に振ってそれを否定した。

「う、ううん！　おじさんは悪くない。私が勝手にびっくりしちゃっただけだから」

「でも」

「ほ、ほんとにだいじょうぶ。私がこわがりすぎちゃったから悪いの。おじさんを責めたりしないで」

一生懸命にそう言ってくる。ううん、モミジがそう言うのならあんまり気にしすぎるのもかえって気を遣わせちゃうかな。

「ん、分かった。じゃあ、おじさんのことは気にしないことにする」

「う、うん、ありがとう……」

「それじゃみんなも心配してるかもしれないし、もどろうか？」

「うん、そうだね。……っ……！」

「？　どうしたの？」

モミジが顔をゆがめてその場にしゃがみ込む。見ると浴衣の裾から覗く足首が赤く腫《は》れ上がっていた。走っている時に捻挫《ねんざ》でもしてしまったのか。履《は》き慣れていない下駄《げた》だから足に無理がかかったのかもしれない。

指先で腫れに触れると、モミジは少しだけ痛みを堪えるような表情をした。

「これって……うん、ひとまず、どこかすわれるところを探そう。おぶさって」

「え！　へ、へいきだよ。自分で歩けるから」

「だめだって。むりしたらもっとひどくなるかもしれないから。――ほら」

「……あっ」

戸惑うモミジを半ば無理やり背中に乗せて、歩き出す。近くには湧《わ》き水から流れる小さなせせらぎがあり、座ることができそうな大きな石があったので、そこへ運ぶ。背中に収まっている間、モミジはもじもじと身体を動かしながら「ちっちゃくても、おとこのこなんだね……」と小さくつぶやいていた。

改めて見てみると、怪我はけっこうひどい状態のようだった。折れたりはしていないみたいだけど、思っていた以上に腫れ上がってしまっている。

「うーん、これはちょっと動かさない方がいいかも。ここで様子をみながら、叔父さんたちが来るのを待ったほうがいいかもしれないね」

「そ、そっか……」

モミジが声を落とす。それから顔をうつむかせて、声を小さくして言った。

「ご、ごめんね、アキ。わたし、めいわくかけてばっかりだ……」

「めいわくなんて、そんな」

「だ、だけど……」

モミジが泣きそうな表情で顔を上げる。

「ほんとうだよ。ほら、モミジはボクがおなじように怪我をしたらめいわくだと思う？」

「そ、そんなこと思うわけないよ！　アキは、その、友達、なんだし、〝仲間〟なんだし……」

「でしょ。それとおなじだよ。ボクらは〝ニャン太団〟の〝仲間〟なんだから。〝仲間〟は助けあうのが当たり前だよ」

「アキ……」

「ね？」

ニャー！　肯定するかのようにニャン太も高らかに鳴く。それを見て、モミジもやっといつもの調子で「ふふふ」と笑ってくれた。

叔父さんたちが見つけてくれるまでの間、しばし二人だけの時間を過ごすことになった。モミジが座っている石にはまだ隙間《すきま》に余裕があったので、お互いにお互いの背中をもたれかけさせるようにして座る。肝試しの時に感じた甘酸っぱい匂いが再びふわりと香った。

「……」「……」

静かだった。

聞こえてくるのは川のせせらぎと遠くから響く宵《よい》っぱりなセミの声くらい。静かすぎて、逆に耳が痛くなってしまいそうなほどだ。

「……そういえば、前にもこんなことがあったよね」

ふと思いだして、ボクはそう口にした。

「とんがり山に二人で来て、迷子になって、叔父さんたちが来るのをまってて」

「あ、そうだったね」

モミジもその時のことを思い浮かべたように小さく笑う。

それはモミジと初めて出会った日の出来事だった。

神社で意気投合したあと、ボクたちはいっしょにとんがり山へと向かったのだ。それはとあるモミジの目的のためだった。

『ホタルをさがしてるんだ』

モミジが言った。

『ホタル？』

『……うん。見つけると、ねがいがかなうっていう七色に光るホタル。このへんにいるってきいて』

『ねがいが？』

『うん』

『へー、なにかおねがいしたいことがあるの？』

『それは……』

お願いの詳しい中身については、モミジは教えてくれなかった。

結局その日、七色に光るというホタルは見つからなかった。さらには道に迷ってしまい、山に入ったまま戻れなくなってしまった。ボクたちが帰ってこないことに気づいた叔父さんたちが心配して探しに来てくれるまで、二人でずっと話をして過ごしていたのだった。

「なつかしいな……あのときもこんな風に座って、むかえがくるのをまってたよね。二人きりだったけど全然不安じゃなかったのは、相手がアキだったからかなあ……」

「けっきょくあれから、七色に光るホタルは見つかったの？」

「ううん、だめだった。アキが帰った後も、何回かさがしにいったんだけど、ふつうのホタルしかいなかった。ほんとにいるのかもわからないしね。おとぎ話の中だけの、まぼろしみたいなものかもしれないね」

どこか寂しそうに笑いながら言う。確かに七色に光るホタルなんて聞いたことがない。この辺りの地域に伝わる昔話みたいなものなのかもしれない。

そう考えていると、モミジがふいにこんなことを尋ねてきた。

「――ねえアキ。アキには夢ってある？」

「夢？」

「うん、そう。夢。なりたいものとか、やりたいこととか」

「……」

その問いに思わず答えに詰まってしまう。

夢。もちろん本来の――二十年前のボクには、夢があった。子どもらしく、この先の未来に待つ希望に満ち溢《あふ》れていて、なりたいものは片手では数え切れないほどだった。

パイロット、宇宙飛行士、天文学者。

探検家、獣医《じゅうい》、漁師、昆虫博士。

未来は目の前にどこまでも自由に広がっているように思えたし、事実そうだったのだろう。

だけどそれがそうではないってことに気づかされるのに、そう時間はかからなかった。人には限りがある。やりたいことが必ずしもやれることであるわけではない。努力は必ずしも報《むく》われないし、全てが徒労《とろう》に終わることも多々ある。大学を出て就職した会社も、自分から望んだものではなく、ただ単に内定がもらえたからという現実的なものだった。

その結果として五年も経たずにその会社を辞めることとなり、今は求職中という身である。

あの頃のキラキラした夢を、ボクはいったいどこに置き忘れてきたのだろう。

今のボクにはもう、分からなかった。

「──わたしね、ガラス工芸の作家になりたいんだ」

「え？」

黙ってしまっていると、遠くを見るように空を見上げながら、モミジがそうつぶやいた。

「今はまだぜんぜんへたくそだけど、カエデさんのところでちゃんと勉強して、すてきな作品をたくさんつくりたいの。トンボ玉、グラス、風鈴《ふうりん》、小鉢《こばち》、アクセサリー……つくりたいものは、いっぱいある。ありすぎてちょっとこまるくらいだけど、いつかは全部つくってみたい。それがわたしの、夢」

「そう、なんだ……」

それははじめて聞く話だった。一度目のなつやすみはおろか、この色々と状況が変わった二度目のなつやすみでも聞いたことがない。キラキラとした目で夢について語るモミジに、胸の奥が少しだけチクリと痛む。

モミジはさらに続けた。

「そしてそれはね……わたしの願いでもあるんだ」

「モミジの、願い？」

「うん。七色ホタルにきいてもらいたかった、わたしのお願い。わたしがお願いしたかったのは……『お祖母ちゃんを元気にしてください』ってことだったの」


モミジは語る。

モミジの祖母は、もともと身体があまり強くなく病気がちだった。それはボクたちが初めて出会った年に、モミジの祖父が亡くなってしまったことでさらに拍車がかかったのだという。祖父が亡くなったあとに、目に見えて元気がなくなってしまった祖母。「お祖父ちゃんがいてくれたらねえ……」ことあるごとにそう口にする祖母を見る度に、お祖母ちゃんっこだったモミジの小さな胸は潰れそうになった。

何とか祖母を元気づけてあげられないものか。そのために、図書室で読んだ本に載っていた七色ホタルを探してみたりもしたものの、それも失敗に終わった。他にも色々試してみたけれど、いい方策は見つからなかった。

少しずつ弱っていく祖母を見る毎日。そんなある日、ふとしたきっかけでガラス工房を覗いたモミジは、あるものに目を奪われた。

それは、祖母が好きな竜胆《りんどう》の花をモチーフに作ったガラス細工だった。

もしかしたらこれを贈ったら祖母は元気を出してくれるんじゃないか。そう思ったモミジは、お年玉をはたいてそれを買いに走った。工房のお姉さん――カエデさんは事情を聞くとただで譲《ゆず》ってくれると言ったが、モミジは頑《がん》としてそれを受け入れなかった。

持ち帰ったガラスの竜胆を見せると、祖母は久々に嬉しそうな顔を見せてくれた。

「若い時に、お祖父さんといっしょに初めて二人で出かけた時に見た花なんだよ」そう言って穏やかに笑ってくれた。

それからなつやすみにガラス工房がやって来る度に、その年のお年玉でガラス細工を買うのが決まりごととなった。カップ、置物、お皿、一輪挿《いちりんざ》し……様々な作品を買ってお祖母ちゃんに贈った。「モミジちゃんは、うちの一番のお得意様だね」とカエデさんは笑っていたそうだ。そしてカエデさんはさらにモミジにこう続けた。

「ねえ、そんなにガラスが好きなら、自分で作ってみたらどう?」

それは考えてもみなかったことだった。こんなにもきれいで、人の心を摑むことができるものを、自分の手で作る。だけどその誘いはとても魅力的だった。少しだけ考えて……モミジはうなずき返した。そうしてガラス細工を習い始めたのが去年のなつやすみ。夏の間のカエデさんがいる短い期間にしか教わることはできなかったけれど、すぐにガラス細工の魅力の虜《とりこ》になった。

暇があれば工房に通ってガラスに触れた。〝ニャン太団〟の集まりの合間や、ラジオ体操の前後などにも通い、少しずつだが上達していった。

一ヶ月前には、カエデさんに手伝ってもらって作った花瓶を、初めて祖母に贈ったりもした。祖母はそれを見て、とても喜んでくれた。

いつかは全て自分だけで作った細工を祖母にプレゼントしたいと思っている。祖母もそれを心待ちにして、生き甲斐《がい》にしてくれている。「モミジが立派なガラス作家になって、竜胆の細工を作ってくれるまで死ねないねぇ」。そのことは、モミジの毎日にこれまでになかった充実感と目標とを与えてくれた。

だから、

「――わたしは、たくさんつくりたいんだ。カエデさんみたいなすごいガラス工芸作家になって、きらきらしていて、輝いていて、だれかの心に少しでもよりそうことができる作品を、たくさん……」

　そう口にするモミジの顔は、ガラス細工よりも輝いていた。真《ま》っ直《す》ぐで一生懸命でまぶしくて……思わず目を逸《そ》らしそうになってしまう。そうか、それがモミジの願いであり夢なんだ……

「だけど」

　と、そこで、モミジは言葉を切った。

　そして、少しだけ不安げに声を細くすると、

「なれる、のかな……本当に、がんばれば夢はかなうのかな……？　どれだけさがしても七色ホタルは見つからなかったみたいに、夢もどんなにがんばってもとめても、めぐり合わせが悪かったら手に入らないものなんじゃないのかな……」

　右手を月に向かって掲げて、遠くを見つめながら言う。

　それはボク自身に対する問いかけでもあった。

　努力をすれば、必ず夢は叶うのか。

　諦めなければいつかは望む未来を手に入れることができるのか、どうか。

　軽々しいことは言えない。

　無責任な言葉は、何の力も持たないということはボクが一番よく知っている。

けれど。

「……なれるよ、きっと。モミジなら――ううん、つよい気持ちを持ち続ければ、ボクたちになれないものなんて、ない」

気づけばそう口にしていた。

それは幻想かもしれない。二十年前の子ども時代の真っ直ぐな空気に感化されて、ふと熱病に浮かされたように口を突いて出た言葉。二十年後の現実は、それを全て否定している。

だけどそれは希望だった。だれよりも、ボクが、そう思いたかった。まだ未来は未確定で、無限の可能性が残された、この二十年前のなつやすみでは。

「アキ……」

モミジが水を湛《たた》えたような目で見上げてくる。と、そこで何かに気がついたように声を上げた。

「アキ、あれ！」

「あっ……」

モミジが指さした先。そこには……せせらぎに集まるように飛び交うたくさんの蛍の姿があった。いつの間に出てきたのだろう。暗闇の中に、数えきれないほどの白い光が浮かび上がっている。

　でもその中に、七色に光るホタルの姿はない。

　踊るように浮遊しているのは普通の白く光るホタルばかりで……

　モミジが声を落とした。

「やっぱり、だめなのかな……。願いをかなえてくれる七色ホタルなんていなくて、夢はがんばってもかなわないかもしれなくて……」

「モミジ……」

　そんなことはない。そう言いたいけれど、声にならない。心の奥底の現実を認める部分が、言葉にするのを押しとどめてしまっていた。

　その時だった。

「……？」

　最初は何だか分からなかった。

　暗闇に浮かび上がった、二つの光。周りを飛ぶホタルよりも少しだけ大きなそれは、現れたり消えたりを繰り返しながら、色を変えていく。赤、青、緑、黄、白。その様はまるで夜の帳を背景に浮かび上がる虹《にじ》のようで……

「七色、ホタル……？」

モミジが呆然と声をあげる。

確かにその美しい様相は七色ホタルと言うに相応しかった。眼前で瞬く七彩《しちさい》に思わず目を奪われる。でも、まさか、本当に……？

しばらくの間、ボクたちは夢を見るような心地でその場に立ち尽くす。そんなボクたちの前で、七色の光は緩《ゆる》やかに変化と明滅とを繰り返していた。そして。

ホタルは、ニャーと鳴いた。

い、い、い、い、い、

「え……？」

その予想外の成り行きにボクらは目をパチパチとさせる。

目を凝《こ》らしてよく見てみると……そこにはせせらぎのほとりに座り込むニャン太の姿があった。

「ニャン、太……？」

ニャー。再び答えるかのように鳴く。

七色ホタルは、ニャン太だった。

ニャン太の目が暗闇の中で輝いて……七色に見えていたのだ。

確かに、宝石にもたとえられる猫の目は、暗闇の中で様々な色に光るという話は聞いたことがある。でもこんな風にはっきりと七色に変化するなんてことはあり得るのだろうか。そう、まるで本物の虹のように……

それはもしかしたら一瞬の奇跡だったのかもしれない。七色ホタルを求めるあまり冷静さを失った、ボクたちの見間違えだったのかもしれない。

でもそれでもよかった。

ボクたちにとって、その鮮やかな束《つか》の間《ま》の光は、正真正銘《しょうしんしょうめい》の七色ホタルだった。

「アキ……」

「モミジ……」

気付けば、ボクたちはどちらともなくきゅっと手を繋いでいた。

「夢……きっと、かなうよ。だってボクたちは、七色ホタルを見つけたんだから！」

「うん……っ！」

力強くうなずき合う。

ボクも、心の中でひっそりと、でも真剣に願いごとをしていた。

――どうか、このなつやすみがだれも傷つかないまま、幸せに終わりますように。

それはささやかでありながら、何よりも大きな願い。叶うことがあるのならば、何を置いても優先したい望みだ。ニャン太が、まるでそんなボクの気持ちを見透かしたかのように「ニャー」と鳴いた。

やがて遠くから、叔父さんたちの声が聞こえてくる。

「おーい、アキくん、モミジちゃーん！」

近づいてくる人の気配とともに雑木林の間から見えてくる懐中電灯の光。

ボクたちはほっと胸を撫で下ろしたのだった。

5

叔父さんたちに連れられて、ボクとモミジは無事に戻ることができた。お堂のところまで帰ってくると、モミジの両親や叔母さんやガラス工房のお姉さん、タケオたちみんなが心配そうな顔で迎えてくれた。叱《しか》られるかと思ったけれど、叔母さんから大目玉を食らっていたのは叔父さんだけだった。

「もう、あなたが張り切りすぎるからこんなことになったんですよ。きちんとモミジちゃんに謝らないと夕飯抜きですからね」

「ご、ごめんなさい……」

小さくなる叔父さん。その叔父さんを、モミジがしきりに「あ、あの、私は気にしてないですから……」とかばっていた。

やがて肝試し大会はお開きとなり、おのおの家に帰ることになる。

「何だか今日はほんとうにはずかしいところばっかり見せちゃったよね……」

モミジが別れ際に照れくさそうにそう言った。

「お化けにびっくりしてあわてちゃったり、その、抱きつい、ちゃったり……」

「あー、うん」

「ほ、ほんと、今年の肝試しはすごかったよね。大人たち、みんな本気だってっていうか……中でもお堂のあれはすごかったなあ。ほんと、心臓が止まるかと思っちゃった。この前の海坊主の時に、砂浜で光に照らされたときもびっくりしちゃったけど、それよりも腰が抜けそうになったかも。たぶん、一生分おどろいちゃったかな」

恥ずかしそうに苦笑する。だけどすぐに真面目《まじめ》な顔になると、「でも」と言ってモミジは真っ直ぐにボクの目を見た。

「でもわたし……今日のこと、わすれないよ。アキと二人で、七色ホタルを見たこと、一生わすれない」

「モミジ……」

「夢のこと話したの……ア、アキが初めてなんだからね。アキだから……話したんだから」

「そう言うとモミジはくるりと勢いよく身を翻《ひるがえ》して、

「ま、またね！」

そう笑って、モミジはおじさんおばさんといっしょに帰っていった。

その後ろ姿を見送って、ボクも叔父さん叔母さんとともに家路へと着くことにする。

「ふう、色々あったけど、今年も無事に肝試しが終わってよかったよかった」

「無事じゃありませんよ。モミジちゃんが怪我をして大変だったでしょう。もっと反省してもらわないと」

「う、それは本当に面目《めんぼく》ない……」

叔父さんがまた小さくなる。

それがちょっとかわいそうだったので、ボクはフォローを入れることにした。

「あ、でも今年の肝試しはほんとうに手がこんでたよね。お堂での叔父さんのお化けもすごかったし、こんにゃくとかもびっくりした。あ、そういえば人魂も不気味だったよ」

「え、人魂？」

叔父さんと叔母さんが顔を見合わせる。

「うん、遠くの方に浮かんでる青白い光が見えたよ。あれって神社がある方だよね。あんなところにまでしかけをするなんて、すごいよね」

「え、うん……」

あれ、叔父さんの歯切れが悪い。ん、どうしたんだろう。

叔父さんは叔母さんとしばらく何かを話し込んだ後に、こう言った。

「あのね、アキくん、そのことなんだけど……」

「うん」

「叔父さんたち、人魂なんて用意してなかったんだよ」

「え？」

「だからね、叔父さんたち、こんにゃくは確かに用意したけど、人魂は準備してないんだ。火を使うのは危ないからやめようってことになっちゃって……」

「……」

え、それってどういう……？

しばし考え、ある結論に思い至って、背筋がゾクリとする。じゃああれって、まさか本物の……

顔を青くするボクに、叔父さんは言った。

「ま、まあ今の時期はお盆だからね。そういうこともあるのかもしれないね」

そのフォローなんだかよく分からない言葉を受けて、ボクは曖昧なうなずきを返す。

夏の夜の空気は、どこか湿り気を帯びていてベタついていたのだった。

Bokutachi no Natsuyasumi
Chapter4
第四話
なつやすみ第四週
『八月三十一日』
Bokutachi no Natsuy
Bokutachi no Natsuyasumi

夢を諦めてしまったのは、いつからだろう。

ついこの間だったような気もするし、遥か昔だったような気もする。子どもの頃は、両手に溢《あふ》れんばかりの夢を抱えていた。何にだってなれると思っていたし、全ては自分次第だと思っていた。

それが幻想に過ぎないってことに気づいたのは、いつだったか。

人は何にでもなれるわけじゃない。だれにだって限界がある。それは自身の問題なのかもしれないし、自分を縛《しば》り付ける外的な何かかもしれない。だけど一つだけ言えるのは、間違いなく、夢は思った通りになんて叶わないってことだ。

憧れていたのは空だった。

どこまで果てなく広がる蒼穹《そうきゅう》。その向こうに行きたかった。連れていきたかった。

けれど、それは叶わなかった。

長く自分を縛っていた制限から猶予《ゆうよ》を与えられたものの、結局摑むことができなかった。

それがもともとの自分の限界だったのか、それともあの時の後悔が無意識の内に枷《かせ》となってしまったのかは分からない。

だけどまだ間に合うかもしれない。

ふとしたことから迷い込んだこの二十年前の世界。二十年前の、このなつやすみがあの時のやり直しだというのならば、未来を変えることができるかもしれない。

すなわちあの時の後悔を払拭《ふっしょく》することを。

ニャン太を——助けることを。

0

なつやすみも終盤《しゅうばん》に差しかかると、次第にやることがなくなってくる。

虫とり、海遊び、花火、ザリガニ釣り、影送り。どれもだいたい全てやり尽くして、胸がわくわくするような新鮮さに欠けるようになってきてしまう。消化試合のような雰囲気と言ってもいいかもしれない。大抵の場合、過ぎゆく夏を惜しみつつ、たまった宿題や絵日記などに追われたりするのが日課となってくるだろう。

どこか気怠《けだる》く、どこか物寂しい八月最後の一週間。

だけどそんな中、ボクたちには、なつやすみの終わりに向けてやることがあった。

それはニャン太の二度目の誕生日会。なつやすみ最終日である八月三十一日に行われるその会は、ボクたちのなつやすみを締めくくる大切な行事だった。タケオも、モミジも、ウミちゃんもカイ兄ちゃんも、もちろんボクも、みんな心から楽しみにしていた。

「なあ、ここのかざりつけって、これでいいのか？」

「んー、わたしはもうちょっと右がいいと思うよ？　そこにはニャン太の似顔絵をかざりたいし」

「おう、りょうかい」

「……おりがみでつくったニャン太のかお、どこにおけばいい？」

「それは似顔絵の隣でいいんじゃないかな。僕がやっておくよ」

みんなで毎日秘密基地に集まって、準備を進める。基地の中をみんなで描いたニャン太の似顔絵や色紙で作った飾り付けでいっぱいにして、ニャン太仕様にしていく。

普段はどちらかと言えば殺風景だった秘密基地の中が、様々な物で彩られていった。

「ん、タケオ、それなに？」

「へへ、ひみつひみつ。こっそり店からもってきたやつだから、とうちゃんたちにはないしょな」

「ふうん……」

いたずら小僧の笑顔で、タケオがダンボールに入った何かを基地の隅に置く。きっと誕生日会を盛り上げるためのものが入っているのだろう。タケオはそういう仕込みをするのが好きだからなあ。

「あ、アキ、これも置いておいていいかな？　〝ニャン太団〟の団員証。やっとニャン太の分とみんなの分ができたから、誕生日会の時にみんなにも配れたらなって思って」

「うん、いいんじゃないかな」

「あのね、ニャン太の団長証はネックレスにしたんだ。革紐《かわひも》とセットで、首につけられるようになってるの」

「へえ、かわいいね」

「でしょ？　へへ、けっこう自信作なんだ」

モミジが嬉しそうに笑う。

「……みて、アキにぃ、きれいなかいがら、ひろってきた。ニャン太にあげる」

「わあ、キレイな色だね。こんなのがあるんだ」

「…………あと、アキにぃにあげるおおくわがたもあるから」

「ありがとう、ウミちゃん」

「……うん」

「この雉《きじ》の羽根、ニャン太の遊び道具にいいんじゃないかと思って持ってきたよ。どうかな？」

「すごい、カイ兄ちゃん！」

タケオだけじゃなく、モミジやウミちゃん、カイ兄ちゃんもそれぞれニャン太のために色々と考えているようだった。

ニャン太の誕生会に向けて、みんなの心は確実に一つになっていた。

「……」

だけどボクの心には、一つの懸念があった。

――一度目のなつやすみでは、このニャン太の誕生会の日に、火事は起こった。

秘密基地を、神社を焼き尽くして、ボクたちをバラバラにしたあの悲劇。あれは果たしてこの二度目のなつやすみでも起こるのだろうか。一度目のなつやすみと状況はだいぶ変わってしまっているとはいえ、その不安は拭《ぬぐ》えなかった。

そしてまたこの二度目のなつやすみ自体も、変わらずに不確定なものであった。これはいったいいつまで続くのか。どうしてこんなことが起こされたのか。今になっても分からないことだらけだ。ただ何となく、そう本当に何となくなんだけれど……この二度目のなつやすみは、八月三十一日までしか続かないような予感がしていた。なつやすみの間だけの淡い泡沫《うたかた》の夢。夢はいつか終わる。終わった夢は泡となり消える。もっとも、そのあとどうなるのかだとか、どうやったら現代に戻ることができるのかだとかはまったく分からなかったけれども。

「ねえアキ、ここのリボンの色なんだけど、赤とピンク、どっちがいいと思う？」

「あ、うん。ええと……」

ボクの不安を余所に、明るい雰囲気で準備は進められていく。

まるで、火事なんて起こらないだろうと言わんばかりに。


「そっか、ニャン太ちゃんの誕生日会の準備、ちゃんと進んでるんだね」

「うん」

家に戻り今日やっていたことを報告すると、久美ちゃんがそう小さく笑って言った。

時刻は夕暮れ時。叔母さんは台所で夕飯の支度《したく》をしている。叔父さんとお祖母ちゃんはまだ畑仕事から帰ってきていない。居間には久美ちゃんとボクの二人だけだった。

「みんな大はりきりで準備してるよ。きっと楽しい会がひらけると思う」

「そうなんだ」

「うん。あ、そうだ、あと今日、ニャン太がヒモで遊んでたら絡《から》まっちゃってね。大変だったよ、どこがヒモでどこがシッポか分からないくらいぐちゃぐちゃになっちゃったからほどけなくて……」

大きな声で話しかける。

「ん、そっか。よかったね……」

だけどそう返してくる久美ちゃんの声には、どこか力がなかった。

ここのところ久美ちゃんは、いつもこんな感じだった。何だか元気がないというか、反応が鈍いというか、何か様子がおかしい。体調がよくないのかと思ったけれどそういうわけでもないらしく、そういえばそもそも体調が悪い時でも久美ちゃんは笑顔を見せていたわけだし、どうも他に理由があるようだった。何か考え事をしている時間も増えたようにも思えた。

「久美ちゃん、大丈夫……？　何かあった……？」

気になってそう尋ねるも、久美ちゃんはちょっとだけ困ったように眉尻《まゆじり》を下げた。

「ううん、別に何もないよ。私は元気だよ？」

「でも……」

「ここのところ暑かったからちょっと疲れちゃってるのかな。でも本当に……大丈夫だから。ね？」

そう言われてしまうとボクとしてもそれ以上は追及できない。

ボクは「そっか、分かった」と言って部屋に戻ろうとして、そこで久美ちゃんに呼び止められた。

「――あのね、アキちゃん」

「ん？」

「あの、ね……」

「……」

「その、明後日《あさって》のニャン太ちゃんの誕生日のことなんだけど……」

久美ちゃんが言葉を止める。そして静かに首を振って、言った。

「……ううん、やっぱり、何でもない。気にしないで」

「？　う、うん」

久美ちゃんは何かを言いたそうにしていたように見えたけれど、結局その心の内を話してはくれなかった。

夜には、久美ちゃんのことを聞きつけたのか、カイ兄ちゃんがお見舞いに来ていたようだった。何を話していたのかは分からなかったけれど、三十分ほど話をして、帰っていった。

（久美ちゃん、大丈夫かな）

布団に入った後も、何となくそのことが気になっていた。

久美ちゃんの体調があまりよくないことは珍しくないけれど、いつもとは雰囲気が違うような気がする。そういえば一度目のなつやすみでも、この頃に久美ちゃんは同じように様子がおかしかった。結局理由は分からないまま八月三十一日を迎えてしまい、それ以降久美ちゃんとは会うことがなかったため、いまだにそれが何であったのかは分かっていない。

布団の中で寝返りを打っていると、ピアノの音色がかすかに聞こえてきた。

たぶん久美ちゃんが練習しているんだろう。夜の静けさの中に溶けていってしまいそうな繊細な音色だ。これって何の曲だったっけ。どこかで聴いたことがあるんだけど……ええと、確かそうだ、『キラキラ星』だ。

たぶん小学校で、音楽の時間に一度は聴く音色。

正式にはモーツァルトの『〝ああ、お母さん、あなたに申しましょう〟による変奏曲』というらしいけれど、『キラキラ星』の方が一般的だと思う。その音色は軽やかで滑《なめ》らかで、耳に心地好かった。

歌詞を頭の中で口ずさみながら、ボクはいつの間にか眠りに落ちていたのだった。

火事の後の細かなことは、もうあまりよく覚えていない。

突然の出来事に混乱してただ呆然となる中で、集まってきた大人たちに色々と訊かれたことだけが記憶に残っている。とはいってもほとんど答えられることはなくて、遅れてやって来た消防団の人たちが焼け跡を調べていたのを、ぼんやりと眺めていた気がする。

秘密基地は、当然のごとく封鎖されて立ち入り禁止となった。

焼け落ちて黒い炭の塊《かたまり》となった本殿と社務所《しゃむしょ》はそのまま撤去《てっきょ》されることとなり、かろうじて残った拝殿と鳥居だけがこの神社の名残《なご》りとなった。本殿がなくなったことに伴い神主としての役職も廃止されるという。もしかしたら何年か後に建て替えられるかもしれないとのことだったが、その時までは神主不在が続くのだろう。

ニャン太は……最後まで、見つからなかった。

最後にそこにいたという本殿はひどく焼けていたため、亡骸も灰になってしまったのかもしれない。

だけどそれは希望でもあった。

亡骸が見つからないということは、生きている可能性もあるということだ。もしかしたらうまく逃げのびることができていたのかもしれない。生きているのかそれとも亡くなってしまっているのか、箱の中を見るまでは、その結果は確定しない。確かシュレディンガーの猫だったか。

……焼け落ちた神社の本殿を見て、思う。

いったい、何が悪かったのか。だれが悪かったのか。はたしてこの火事はだれかを縛り自由にしたのか。

答えてくれる者はいない。

かつて秘密基地だった、神社だった場所には、ただ焦《こ》げ臭いにおいが漂うだけだった。

1

ニャン太の誕生会まで、あと三日となった。

誕生会の準備は滞りなく進められていて、秘密基地は日増しにニャン太に関するもので溢れかえってきていた。ねこじゃらし、煮干し、鶏のささみ、ビニール袋。ニャン太もそれが分かるのか、基地の中が充実していく度に、ご満悦そうにニャーと鳴いている。

なつやすみは、終わりへと向けて順調に収束しているように思えた。八月三十一日に向けて、日々が加速度的に過ぎ去っていく。

その日、ボクは海鳴の町を散歩していた。どこへ行くというわけでもなく、気の向くまま思いついた先をブラブラする。なつやすみもあと二日。もう少しで離れることになってしまうこの町を、二十年ぶりとなるこの海鳴町を、最後にもう一度ゆっくり見ておきたかったのだ。

叔父さんの家のある高台を下り、とんがり山の方へと向かう。辺りの田んぼには黄色い稲穂《いなほ》が少しずつ実り始め、潮気が含まれた風には少しだけ秋の匂いが増している。夏も、もう終わりなのだろう。あれほど五月蠅《うるさ》かったセミの声も、今ではだいぶ慎ましやかになっていた。

辺りの景色を眺めながら学校へと向かう道を歩いていると、ガラス工房の前に差しかかった。屋根にある煙突から真っ白な煙がモクモクと吐き出されている。何となく中を覗いてみると、エプロン姿のお姉さんが窯《かま》の前で作業をしていた。お姉さんはこっちに気がつくと、ちょいちょいと手招きをした。

「あ、えっと」

「ねえねえ、キミ、あれだよね、肝試し大会の時にモミジちゃんといっしょだった」

「あ、うん。アキです」

「ああ、キミがそうなんだ！　あのアキくんか。へえ……」

物珍しそうにじろじろとこっちを見つめる。〝あの〟って、どういうことなんだろう。

「あ、うん、深い意味はないから気にしないで。勝手に余計なことを喋るとモミジちゃんに怒られちゃうしね。そうだ、よかったらちょっと寄っていかない？　麦茶くらい出すよ」

「ええと……」

「ほら、遠慮なんかしないで、いいからおいで！」

「あ」

半ば強引に腕を引っ張られて工房へと引きずりこまれる。そういえば、ここに入るのは初めてだ。一度目のなつやすみでも、ラジオ体操の途中や通りすがった時に覗き見するくらいで、実際に中に入ったことはなかった。

工房の中は、むせかえるような熱気に満ちていた。奥に大きな窯があり、中には真っ赤な炎が燃えさかっている。あそこから熱が吹き出しているのだろう。窯の隣にはテーブルがあって、そこにはたくさんのガラス工芸が置かれていた。

「あ、それ、今モミジちゃんが作ってるやつだよ」

ふと目に留まった小さな花瓶に、お姉さんがそう解説を加えてくれる。

「まだ少しだけ私が手を貸してるんだけど、それくらいのものならもうほとんど一人で作れるようになったかな。けっこう立派なのを作れるようになったでしょ。こっちのグラスも、ほぼモミジちゃんが一人で作ったやつだね」

「へえ……」

こんなものを、モミジは作っているんだ。

さらに色々とお姉さんは見せてくれた。お皿や小鉢、グラスにとんぼ玉など。どれも本当によくできていて、見ていて思わずため息が出てしまう。そっか、モミジは本当にがんばってガラス工芸の作家を目指しているんだ。

夢に向かって努力しているモミジに改めて感心と羨望の念を抱いていると、お姉さんがふと尋ねてきた。

「そういえば、モミジちゃんって左利《ひだりき》きなの？」

「え？」

「や、ちょっと気になってね。去年までは右手を使ってたと思ったんだけど、今年になったら左手を使うことが多くなってたからさ。どっちなんだろうって思って」

「うーん」

どうだっただろうか。モミジの利き手は覚えていなかったけれど、途中で利き手が変わるということはままあることだ。だけどそれは左利きの人が右利きに矯正《きょうせい》される場合が多くて、その反対はあんまり聞いたことがないんだけどな……

「ん、分かんないなら、まあいいや。ちょっと気になっただけだから。キミなら何か知ってると思って」

「うーん、ごめんなさい」

「いいっていいって。ほんと大したことじゃないだから。――お、その〝ニャン太団〟の団員証、ちゃんと持ってるんだね」

半ズボンのベルト通しのところに着けている小さなニャン太を見て、お姉さんが言った。

「うん、モミジにもらったものだから」

「ふふ、それを聞いたらモミジちゃん、すっごく喜ぶよ。モミジちゃんが、何を置いても最初に自分だけで作りたいって言ってきたものだからね」

意味ありげに笑う。

何だかその笑みに気恥ずかしい心地になって、麦茶をひと息に飲み干して、ボクはガラス工房を出たのだった。


外の暑さはまだまだ夏の名残りを感じさせるもので、麦茶で潤した喉もあっという間に渇いてしまった。

何か冷たいものでも飲もうと思い、『クリーニング』へと向かう。粉末ジュースもいいけれど、こういう時にはやっぱりラムネだ。シュワシュワな炭酸が渇いた喉にはたまらない。そう決めて店の前まで行くと、そこで集まっているタケオたちを見かけた。タケオ、モミジ、ウミちゃん、カイ兄ちゃんの、〝ニャン太団〟の仲間全員が揃っている。

「みんな、何してるの？」

「え、ア、アキか？」

声をかけると、驚いたようにタケオがその場で飛び上がった。

「うん。あれ、今日って、みんな集まる日だったっけ？」

特にそんな予定はなかったと思ったんだけど。

「え？　あ、お、おう、た、たまたま会ったんだよ。なあ？」

「う、うん、そうだよ。私は、その、ちょっと用事があってガラス工房に行こうとしてたら、ここでタケオを見かけて……」

「……あやしいことはなにもない」

「偶然ってあるもんだね」

みんなどこか上擦《うわず》った声の調子で言う。ううん、あやしい……

「ア、アキこそなにしてたんだよ？　あつまりもないのに、こんなあついなか」

「ボク？　ボクはちょっと町を散歩してたんだ。ほら、もうなつやすみも終わりだから」

その言葉にタケオが声のトーンを落とした。

「そうか、そうだよな、アキ、明日でかえっちまうんだもんな……」

途端《とたん》にみんなの表情が暗くなる。うーん、そういうつもりで言ったんじゃなかったんだけどな。

どんよりと沈んでしまった雰囲気を変えるように、ボクは口にした。

「あ、ええと、そうだ、みんな、明日はどうするつもりなの？」

「あした？　とくにきめてはないな。ニャン太の誕生日会までは家で宿題でもしてるかな」

「わたしはウミちゃんといっしょに隣町まで買い物に行くことになってるよ。ニャン太のケーキを買いにいくの。ね、ウミちゃん？」

「……うん」

「僕は朝一番で神社かな。秋に行われる神主としての役割のことで、父さんが話があるっていうから」

そっか、カイ兄ちゃんは神社の跡取りだから、そういうこともあるのか。

「……本当は、行きたくないんだけどね……」

「え？」

「ああ、うん、何でもないよ。僕らの予定は、そんな感じかな」

一瞬だけ表情を曇らせたものの、すぐに元に戻ってカイ兄ちゃんが言う。

どうやら誕生日会の開始前に神社に向かうのはカイ兄ちゃんだけみたいだ。

少しだけほっとした心地でいると、タケオが言った。

「――ま、なんにせよ明日はおれたちにとってだいじな一日だよな。アキのさいごの日だし、ニャン太の誕生日会だし……あ、そうだ、わかってるとおもうけど、明日のニャン太の誕生日会は一時からだぞ」

「あ、うん。大丈夫だよ」

「いいか、一時からだからな！　十二時でも十一時でもなくて、一、一時だから！　くれぐれもはやくきたりすんなよ！」

タケオたちとは、そのまま少し話をして別れた。

そういえば、結局みんなが何をしていたのかは、分からないままだった。


『クリーニング』を出て、最後に向かったのは神社だった。

敷地内へと入り、名前を呼ぶと、ニャン太はすぐに秘密基地の中から飛び出してきた。遊んでくれると思ったのか、ニャンと嬉しそうに声をあげてボクの足に頬をすり寄せてくる。そんなニャン太の頭を、ボクは優しく撫で返した。

「……」

ここに足が向いたのは、やっぱり明日のことが気になっていたからかもしれない。

もしも一度目のなつやすみ通りだったら……明日には、この秘密基地は、神社は全焼してしまう。〝仲間〟たちの未来はあらぬ方向に変わってしまい、そしてニャン太は行方不明になる。それは何度思い返しても最悪の結末だ。

気持ちよさそうにゴロゴロと喉を鳴らしているニャン太の頰に手をやる。

そういえば……一度目のなつやすみにも、こうして誕生日会の前日にニャン太と遊んでいたような気がする。

あの時、最後にニャン太と何をしていたんだっけ。

頭を撫でて毛すきをして、おやつの煮干しをあげて……そして翌日の誕生日会のことを話していたんだ。用意したプレゼントやケーキの話をして、ニャン太の好きだった鬼ごっこをする約束をした。鬼ごっこという言葉だけでそれが何か理解できるため、ニャン太は機嫌よく「ニャー！」と鳴いていたのだった。

それがたぶん、一度目のなつやすみでのニャン太との最後の時間。

「ニャン太」

名前を呼ぶ。ニャン太はその美猫といっていい顔を上げて、ニャーと鳴いた。その鳴き声は、初めて出会った時と比べてだいぶたくましいものになっていた。

その時のことを思いだす。

最初に気付いたのはボクだった。

今から二年前の八月三十一日。その日、タケオと二人で秘密基地近くの川でザリガニ釣りをしていて、どこからか、か細い鳴き声のようなものが聞こえてきたのだ。声の元を追ってみると、どうも近くの橋の下から聞こえてくるようだった。

タケオと二人で橋の下を覗く。そこには、小さなダンボール箱と、その中に押し込められるように入れられた仔猫の姿があった。

子どもの手にすらすっぽりと収まってしまうほどの小さな身体。今にも消えてしまいそうな弱々しい鳴き声。生まれて間もないようで、まだまともに目も開いていない。

それがニャン太との出会いだった。

すぐにモミジとウミちゃん、カイ兄ちゃんを呼んできて、どうしようか相談した。このままにしておくことはできなかったかったけれど、みんなの家で猫を飼うことはできないようだった。駐在所に連れていこうという話にもなったけれど、それだと保健所に送られてしまうかもしれない。学校や消防団でも同じだ。どうするべきか、話し合いは紛糾《ふんきゅう》した。

——ボクたちで、飼おうよ。

そう口を突いて出たのは、話し合いを初めて三十分が経った頃だったか。子どもの、見切り発車的な勢いで言ったことは否定できない。でも、その胸の内は真剣だった。

決していいかげんな気持ちから口にしたものではない。みんなからも、反対意見は出なかった。

『そうだな、おれたちでやればいいんだよな』

『うん、アキ、いいこと言った。秘密基地でなら飼えるよ、きっと』

『……ウミ、まいにちおせわする』

『ちゃんと面倒を見る順番を決めないとね』

そのボクたちの会話を、小さなニャン太は開ききらない目で不思議そうに見上げていた。

こうして、ニャン太はボクたちの〝仲間〟になったのだ。


ニャー？

目の前の、大きくなったニャン太が首を傾けながら鳴く。

あの頃の仔猫は、もうこんなにも大きくなった。大きくなって、ボクらにとってかけがえのない大切な存在となった。そんなニャン太には、〝ニャン太団〟の仲間たちには、だれ一人として傷つくことなく、なつやすみを終えてほしい。

「……」

この二度目のなつやすみでは、一度目に起こらなかったことが起きたり、逆に起きたはずのことが起こらなかったりしている。この二度目のなつやすみはもう、一度目のなつやすみとはだいぶ異なる行く末を辿ろうとしているのかもしれない。

でも、どこかで予感はあった。

それはできることならば当たってほしくない予感。心の底から杞憂であってほしいと思っている。だけどそれはどこか確信めいたカタチでボクの心の中にあった。

火事は……この二度目のなつやすみでも起こる。

それは現実的な根拠からではなくて、虫の知らせにも近い、理屈を越えたものだった。

だから、ボクはもう決めていた。

一度目の八月三十一日。あの時、ボクが秘密基地に辿り着いた時には、もう火事は発生していた。あれは誕生会が始まるおよそ一時間前。だとすれば、それよりもさらに三十分から一時間は早く――十一時過ぎには――出火していたということになる。

だったら、

(だったら、ボクがその時間に秘密基地に行けばいい)

何も起こらなければそれでいいし、火事が起こった要因を発見することができたら、それを止めればいいのだ。一度目には、秘密基地への近道を示す印が、『カブトムシ神隠し事件』の際に変わっていたことを知らなくて迷ってしまったこともあり間に合わなかったけれど、今回はそんなことはないはずだ。

(絶対に、火事は起こさせない)

強い決意とともに、ボクは胸の内でそう声をあげた。

握りしめた手の先には、ニャン太の柔らかな毛の感触があった。

――そして、いよいよその日がやって来る。

2

八月三十一日。

その日は朝から快晴だった。空には雲一つなく、どこまでも抜けるような青空が広がっている。まだ日が昇りきっていないのにもかかわらず気温はすでに三十度を越えていて、残暑ここに極まれりといった暑さだった。

　午前中はいつも通りに過ごした。起きてすぐにラジオ体操に行き、居間で叔父さんたちと朝ご飯を食べる。そのあと秘密基地へ向かう時間までは、帰りの荷物をまとめながら時間を潰した。

「そっか、今日の夕方にはもうアキくんは帰っちゃうのかあ。寂しくなるなあ……」

　カバンに荷物を詰め込んでいるボクを見て叔父さんが言った。それはボクも同じ気持ちだった。火事が起こってしまえば、これが叔父さんたちとは二十年越しの別れとなる。特にお祖母ちゃんとはこれが会うことができる最期《さいご》の機会であって……

「……ねえ、叔父さん。ボク、またここに来てもいいかな」

「何言ってるんだい。当たり前じゃないか」

「そうよ、アキくん。アキくんはもううちの家族みたいなものなんだから、いつでも大歓迎よ」

「アキちゃんが来てくれないと、寂しいよ」

「アキ坊は、もう一人の孫みたいなものじゃけぇ」

「叔父さん、叔母さん、久美ちゃん、お祖母ちゃん……」

　その温かい言葉に、涙がにじみそうになるのを必死にこらえた。胸の奥にじんわりと染み入ってくる。このなつやすみは、この優しい家族と出会えたことは、ボクにとって正真正銘の宝物だ。

「ありがとう、叔父さん、叔母さん、久美ちゃん、お祖母ちゃん……」

それはどれだけ感謝を言葉にしても、足りない。


そして十時になった。

秘密基地まで歩いてかかる時間を考えてもまだ余裕があったけれど、万が一にも遅れないように、少し早めに向かうことにする。

「いってきます」

「あら、早いのね。出かけるのはお昼過ぎからだって聞いたけど」

「あ、うん、ちょっとやることがあって」

「そうなの？　今日は久美も珍しく出かけてるみたいだし、最後の日だっていうのにみんな忙しいのねえ」

暑いからと麦茶を水筒に入れて持たせてくれた叔母さんにお礼を言って、ボクは家を出た。

向かう先は、当然秘密基地だ。

このなつやすみの三十日間で通い慣れた道を踏みしめて、田んぼを見通す畦道へと出る。この景色も、今日で見納めになるかもしれない。そう思うと少し感傷的な心地になった。『クリーニング』の前を通り過ぎると、とんがり山へと続く道が見えてくる。この時間なら近道を使わなくても大丈夫だろう。正規のルートへと足を向けたところで、

「やあアキ。どこへ行くの？」

声をかけられた。

「カイ兄ちゃん」

声の主はカイ兄ちゃんだった。こっちに向かって手を上げて、穏やかな笑顔を向けてきている。神社でのおじさんとの話はもう終わったのだろうか。

「ええと、ちょっと秘密基地に行ってこようと思って」

「秘密基地に……？」

「うん、誕生日会の前に、ニャン太の様子を見ようと思ったんだ」

そう答えると、カイ兄ちゃんは「うーん、それはちょっとまずいな……」と小さく口にした。

「ねえ、アキ。今少し話せる？」

「え？」

「ちょっと話したいことがあるんだけど、いいかい？」

持ってきた時計をちらりと確認する。まだ少しなら時間に余裕はあるはずだ。ボクはうなずき返した。

カイ兄ちゃんが「じゃあ、『クリーニング』にいこうか」と言い、場所を移動する。

『クリーニング』でカイ兄ちゃんはアイスキャンディーを買ってくれた。ソーダ味のそれを受け取って、お店のすぐ近くにある木の陰に二人して座り込む。

「ううん、今日も暑いね。明日からは九月だっていうのに、ぜんぜんそんな気がしないよ」

降り注ぐ日射しをまぶしそうに見上げて、カイ兄ちゃんが言った。

「やっぱり東京もまだこれくらい暑いのかな。こっちの方が南だけど、何だか東京は暑そうな感じがするっていうか」

「うーん、どうだろ。ボクの住んでるところは東京でも外れの方だから、それほどでもないかも」

「そっか」

しばらくの間、そんな他愛もない話をして、ボクはカイ兄ちゃんに尋ねた。

「それでカイ兄ちゃん、話したいことって？」

「え？　ああ、うん、そうだね」

促されて、カイ兄ちゃんは何かを考えるように口元に手を当てた。

そしてゆっくりと顔をあげると、

「ねえアキ、アキには将来の夢ってあるかな？」

「夢……」

「うん、夢」

ボクの顔を見ながらうなずいてそう言った。

それは先日のモミジとの会話でも出た話題だった。なりたいものはあるか、叶えたい未来は何か。だけど今はまだ、ボクにはその問いに対する答えは存在しない。

「うーん……特にはないかも。まだ、そういうの、よく、分からなくて……」

「そっか」

ボクのその返答に、カイ兄ちゃんは肯定するわけでもなく否定するわけでもなく、静かにうなずく。そして顔を上げて空を見上げると、力強い口調でこう言った。

「僕はね、パイロットになりたいんだ」

「パイロット……？」

「うん、そう、パイロット。パイロットになって、色々な国の空を飛んでみたい。あの雲の向こう側に行ってみたい。それが僕の夢なんだ」

「でもカイ兄ちゃん、神社を継ぐんじゃ……」

カイ兄ちゃんは秘密基地のある神社の跡取りだ。だから当然、将来は神主になるものだと思っていた。

「……」

その言葉にカイ兄ちゃんは少しだけ声を落とす。何かを耐えるかのように、ぎゅっと両手を握りしめ、こう口にした。

「……うん、そうだね。だけど、僕はあきらめてはいないよ。パイロットは、父さんみたいに兼業ってわけにはいかないかもしれないけれど、何か道はあるかもしれない。一生懸命に説得すれば父さんも分かってくれるかもしれない。分かってくれなかったら……家を出るくらいの覚悟はできている。それくらい、パイロットは僕にとって魅力的なんだ。あの空の一部になってみたい。自分だけの翼を手に入れて、雲の上から太陽を見てみたい。知ってるかい？　飛行機から見る空の色は地上から見えるものよりもずっと濃《こ》い蒼《あお》なんだよ。飛行機雲《ひこうきぐも》は、飛行機の排煙だと思われているけど本当はそうじゃなくて航跡雲《こうせきうん》というれっきとした雲の一つなんだ。飛行機で、行きと帰りの飛行時間が違うのは風が影響していて……」

「……」

熱く語るカイ兄ちゃん。その声には今まで聞いたことがないほどの熱が籠《こ》もっていて、聞いているボクまで引き込まれそうになった。こんなカイ兄ちゃんは初めてだった。いつも冷静でどんな時にもあまり感情を面《おもて》に出さないのに。

そこまで、カイ兄ちゃんにとってパイロットという夢は大事なものなのだろう。だったらボクは？　改めて思い知らされる。ボクの夢は何なんだろう。なりたいこと、やりたいことはどこにあったんだろう。キラキラと輝く未来への想《おも》いは……

気づけば、アイスキャンディーはすっかり溶けて、地面に落ちてしまっていた。棒だけになったアイスキャンディーを見て、ボクは思ったよりも時間が経ってしまっていたことに気がついた。

「！　ごめん、カイ兄ちゃん、ボクもう行かないと！」

「そっか。ごめんね、引きとめて」

「ううん！　またあとで！」

カイ兄ちゃんに手を振って走り出す。間に合うだろうか。場合によっては近道を使う必要があるかもしれない。

そんなボクを見送りながら、カイ兄ちゃんがぽつりとつぶやいていた。

「うーん、少しは……時間稼ぎになった、かな？」


確認すると、時間は十時三十分を少し回ったところだった。

やっぱりこのままだと間に合わない。ボクは近道を使うことにした。

『クリーニング』から少し進んだ先にある茂みへと入る。下草《したくさ》と腐葉土とを踏みしだいて進むと、すぐに山道へと出た。似たような雑木林の風景が続く迷路のような道だけれど、行き先を示した印があるおかげで、迷わずに進むことができる。ここを抜ければ十五分もかからないで秘密基地まで辿り着くことができるはずだ。

やがて分岐点に差しかかった。ここは『カブトムシ神隠し事件』の時にウミちゃんによってリボンの印の位置が変えられていた場所で、進む方向を間違えると秘密基地とは全然違う地点へと辿り着いてしまう。一度目のなつやすみでは、そのために、秘密基地へ到着するのが遅れてしまったのだ。

間違えることのないよう、慎重に正しい分岐の方向へと歩を進める。ウミちゃんほどではないけれど、この方向が正しい道だということが分かるくらいには、ボクもこの辺りの景色に目が慣れてきていた。

途中で〝カブ狩り場〟を通り過ぎてさらに進んでいくと、やがて少しずつ雑木林の景色が開けていく。木々の隙間から神社の輪郭《りんかく》が見え始め、秘密基地が近いことを示していた。

その時だった。

秘密基地の方角から……黒い煙が上がっているのが目に入った。


「！」

その光景に思わず自分の目を疑った。

どうして……と思う。

記憶が確かなら、火が出たのは十一時過ぎだったはずだ。まだ十五分以上も時間がある。にもかかわらずもう出火してしまっているというのは、やっぱりタイムスリップの影響で、色々なことが少しずつ変わってきてしまっているということなのか。

（だけど大丈夫、まだ間に合うはず……！）

確かに火は出てしまったかもしれない。けれどその火が秘密基地全体に広がるのには、もう少しだけ猶予がある……はずだ。

一度目のなつやすみのあの時、燃えさかる炎の中で舞っていたのは花火だった。打ち上げ花火に噴き出し花火、パラシュート花火。最初はそれがどういうことなのか分からなかったけれど、あとになって考えてみてその意味が分かった。あれは秘密基地に置かれた花火に、火元が燃え移っていたのだ。燃え移って発火した花火が、上着とともに、火を秘密基地全体にまで広げていた。

だとすればその点は安心だった。花火は『海坊主出没事件』の時に全て使い物にならないようにしている。濡らした花火は全て捨てたはずなので、秘密基地には置かれていない。あの花火がなければ、たとえ火が出たとしても、火勢は一度目ほどひどくなることはないはずだ。

そう信じて足を懸命に動かす。

しかし、次の瞬間だった。

ヒュー……パン！

遠くの空に、花火が舞い上がるのが見えた。

秘密基地の方向だった。続けて、何発もの花火が追いかけるように空に打ち上がる。

そんな……どうして？　花火はもう置かれていないはずなのに！

何が起こっているのか分からなかった。頭の中は混乱状態だった。

様々な疑問が湧いてくるも、今はそれを考えている時間も惜しい。

目の前の枝をかき分けて、必死に足を動かした。

3

全身汗まみれになってようやく辿り着くと、秘密基地からは橙色の炎が上がっていた。

洞穴の闇に垣間見えるうねるような炎と真っ黒な煙。それを後押しするかのように鮮やかな色の花火がいくつも舞い踊っている。

間に合わなかった……!?　一瞬その場で膝を着きそうになるも、すぐにそうじゃないことに気がつく。いや、まだだ。まだ、神社には火は燃え移っていない！

秘密基地から出ている火も、記憶にあるものよりも勢いが弱い。今のうちに消し止めれば間に合うはずだ。

「……っ……」

神社の横にある池の水を頭から被ったあとにバケツで汲《く》んで、秘密基地の中へと入る。基地の中は煙が充満していたけれどまだ進めないほどではなかった。口元を押さえてさらに奥へと踏み入る。

「ニャン太！」

大声で叫ぶも、ニャン太の姿は見当たらない。異変に気がついてすぐに逃げたのか、散歩にでも出ているのか。だけどひとまずこの中にはいないようなので、それだけは安心できた。

向かってくる煙をかき分けて、火元を探す。こんなバケツ一杯の水でどうにかできるとも思わなかったけれど、それでもやらないよりはマシだ。

幸いにも火元はすぐに見つかった。

それは秘密基地の一番奥で、一番燃えている場所だった。

そこにあったのは……

「え……？」

思わず目を疑った。

そこにあったのは……くじ引きでボクが当てたあの蚊遣り豚だった。横に倒れて、中の火種がむきだしになっている。その周りにあったのは虫ずもうに使っていたダンボールの土俵で、そこを中心にして辺りが勢いよく燃えている。

まさか……これが原因？

信じられない、いや信じたくなかったけれど、周りの状況はそれを肯定していた。蚊取り線香の火種が、何らかの弾みで虫ずもうの土俵として使っていたダンボールに燃え移って引火した。じゃ、じゃあもしかして一度目のなつやすみの時も、ボクが持ち込んだこの蚊遣り豚のせいであんなことに……？

一瞬目の前が真っ白になる。あれだけ疎《うと》んでいた火事の、大元の原因はボク自身にあった。ボクが秘密基地に持ち込んでしまった蚊遣り豚が火元となって火事は生じたのであって……

「……」

思わぬ事実に、頭を殴られたようなショックを受けた。後悔が泡のように湧き上がる。ボクの行動が全ての原因だった……？　ボクがあの時に蚊遣り豚を当てなければ、秘密基地に持ちこむのを許さなければ、この火事は起こらなかった……？　そんな、そんなことって……

だけどそこで思い至る。

でも、どうして蚊遣り豚は倒れているんだろう……？　確かに火元はこの蚊遣り豚かもしれない。けれどこの蚊遣り豚が勝手に倒れるとは思えなかった。入口からは遠く風は届かない位置だし、ニャン太も蚊遣り豚については分かっていたから、いたずらをしたりはしないはずだ。ということは、だれかがこの蚊遣り豚を倒したってことに……

その時だった。

背後で、ガタリと音がした。

「！」

ニャン太か、と思い慌てて振り返る。

だけど違った。

秘密基地の中央に置かれた古びたソファの陰。

そこにいたのは、意外な人物で……

「……久美、ちゃん……？」

「……」

身を隠すようにこっちを見つめる、従姉妹の姿だった。

「久美ちゃん、どうしてここに……？」

「……」

声をかけるも、久美ちゃんは答えない。ただ怯《おび》えたような警戒《けいかい》したような目で、じっとボクの顔を見つめている。やがて彼女は唇《くちびる》を震わせて小さな声でこう言った。

「カイくんに……聞いたの……？」

「え？」

「カイくんに、私のこと……」

カイ兄ちゃん……？　どうしてここでカイ兄ちゃんの名前が出てくるのか分からなかった。違和感を覚えつつも、再度尋ねる。

「カイ兄ちゃんのことはよく分からないけど……どうして久美ちゃんがここにいるの？　それに、この状況……」

「……」

周りを見ながら問いかけるも、口を横に結んで、久美ちゃんは沈黙する。その沈黙は現状と久美ちゃんとの関連を物語っていた。考えたくはないけれど……久美ちゃんが、この火事に何らかの関わりを持っていると考えるのが自然だった。

どうしていいか分からないボクに、久美ちゃんはやがてその小さな肩を震わせながら口を開いた。

「…………わなかったの……」

「え？」

「こんな……こんなことになるなんて、思わなかったの……！　わ、私、私は……ただ、今日だけニャン太ちゃんをみんなの前から隠したかっただけで……」

「ニャン太を……？」

「だ、だって……みんな、ニャン太ちゃんの誕生日会のことばっかりで、全然、私のことなんて気にかけてくれない……！　ニャン太ちゃんが今日だけいなくなれば、誕生日会は延期されるかもしれないって……そ、そうすれば、みんなは、アキちゃんは、私の発表会に来てくれるかもしれない……こっちを向いてくれるかもしれないって思った。だから……」

感情を剝き出しにしてそう声をあげる。

久美ちゃんが何を言っているのかボクにはよく分からなかった。久美ちゃんはニャン太を隠そうとしていた？　隠すために、今日秘密基地にやって来た？　それは発表会のためとのことらしいけれど、そもそも発表会って……？　ボクの疑問に答えるように、久美ちゃんはぽつりぽつりと続けた。

「……発表会は、ピアノの発表会……だよ。今日の、午後からなの。ずっと練習してきた、生まれてはじめての発表会……」

「え……」

「……七月の終わりに決まって、ずっと楽しみにしてきたの。いつもはみんなと遊ぶことも、いっしょにいることさえ満足にできない私だけど、この日だけは主役になれる……そう思った。素敵な一日になると、信じてた。……だからみんなに、アキちゃんたちに来てほしかった……」

ぎゅっと唇を噛《か》みしめながらそう口にする。

そんなのが……あったんだ。

「だったら、言ってくれれば……」

その言葉に久美ちゃんは首を振る。

「……そんなこと、言い出せなかった……！　言えば、みんな来てくれるかもしれない。みんな、優しいものね。あれだけ楽しみにしていたニャン太ちゃんの誕生日会を中止して、かけつけてくれるかもしれない……」

「……でもそんなのはいや……！　同情と、あわれみから生まれた友達関係なんて、そんなの、何もないのと同じなの。ううん……むしろ断られた方がマシ。……アキちゃんには分からないよ、小さい頃から身体が弱くて、みんなといっしょに遊ぶことも満足にできない、私の気持ちなんて……！」

悲鳴をあげるようにそう、訴えかけてくる。

それは、久美ちゃんの心からの叫びだった。

「久美ちゃん……」

「……だから、私は、今日一日だけ、ニャン太ちゃんにいなくなってほしかったの……。ニャン太ちゃんが見つからなければ、誕生会は中止になって、みんなは私のピアノの発表会に来てくれる……。そのために、みんながやって来ない肝試しの夜に秘密基地とその周りの造りをあらかじめ調べたりもした。でも、ニャン太ちゃんをつかまえる時に、蚊遣り豚を倒してしまって……気がついたら、火が出ていた……それで、戻ってきたらアキちゃんがいて……」

それが、この火事の真相だった。

久美ちゃんがニャン太を隠そうと秘密基地にやって来て、その時に倒した蚊取り線香から火が出た。分かってしまえば何のことはない結論。そしてその行動の根底にあったのは……ニャン太が今日一日行方不明になれば、自分のピアノの発表会にみんなが来てくれるんじゃないかというものだった。

それは……それだけを聞けばひどく幼稚な理由だった。もしかしたら、学校に行きたくないからという理由で校舎に放火をしようとする子どもと同じようなものだったのかもしれない。

だけどそんな久美ちゃんを、ボクは責められなかった。なつやすみの度に温かく迎えてくれて、いつも優しく微笑《ほほえ》みかけてきてくれた仲のいい従姉妹。大人びて見えるけれどまだたったの十一歳なのだ。身体が丈夫でなく思うように外で遊ぶこともできなくて、楽しく笑うみんなの話をただ聞いているだけの毎日は、どれだけ苦痛だっただろう。

「わ、私は……みんなの〝仲間〟になりたかった……対等な友達になりたかった。……知ってるよ、アキちゃんたちが〝ニャン太団〟っていうのを作って、色々なことをしているの。虫とり、海遊び、お祭り、肝試し……どれも楽しそうで、でもそこに私がいることはなくて……う、ううっ……」

絞り出すように、嗚咽《おえつ》とともに久美ちゃんはそう口にする。

その気持ちは痛いほど伝わってきた。きっと久美ちゃんも、こうしてニャン太を隠すことを決めるまでに相当に悩んだに違いない。

でも。

それでも。

「そのこと……口に出して、言ってほしかった……」

身体が丈夫じゃない久美ちゃんに対して、同情や、あわれみがまったくなかったとは言えない。どこか腫れ物のように扱っていたのかもしれないことは否定はできない。だけど、それだけじゃなかったはずだ。みんな久美ちゃんのことが好きだし、久美ちゃんが喜ぶのならば、ニャン太の誕生会だってどうにかうまく調整しようと考えただろう。それは、同情からのものじゃなくて、好意からのものだったはずだ。人間の感情なんて、そんな単純なものじゃない。

「う、ううう……」

泣き崩れている久美ちゃんに、果たしてその言葉は届いたのか。

とにかく、今はここから久美ちゃんを連れ出さないと。火と煙はどんどん激しくなってきている。このままいたら危ない。久美ちゃんを立ち上がらせようとする。

その時だった。

　基地の入り口の方から、声がした。

「こ、これ……アキ⁉　それに、久美さん……？」

　戸惑うように周囲を見回して、一人の女子が中へと入ってきた。

「モミジ……！」

「ア、アキ……？　これ、どうなってるの？　どうして久美さんが……」

「そ、それは……」

　手早く説明をしようとして、その時ある光景が目に入ってきた。

　モミジの傍らに転がっていたダンボール箱。あれは、誕生会の準備中にタケオが持ちこんでいたものか。そこからこぼれ落ちた打ち上げ玩具花火の、その筒の先端が、モミジの方を向いていた。すでに引火していて、モミジの右腕に向かってまさに射出されようとしているところだった。

「危ない……！」

「え……？」

　ぽかんとした表情のモミジ。その小さな身体を、半ば体当たりの勢いで地面に押し倒す。舞い上がる埃《ほこり》と火薬の匂い。直後に、それまでモミジが立っていた場所を打ち上げ花火の炎が通り過ぎていった。

「あ……」

モミジが蒼白な顔になる。

「大丈夫、モミジ！」

「あ――あり、がとう、アキ……」

「ふう、あぶなかった……」

間一髪で、助けることができたようだった。よかった、これで、モミジが右手に火傷を負うこともない。

だけど、それで終わりではなかったのだ。

ダンボールに入っていた花火は当然のごとく一つではなかった。二つ、三つ、四つ……それらは辺りを舞う火の粉に触れて次々と引火した。その先には、力なく座り込む久美ちゃんの姿があった。

「久美ちゃん……！」

叫ぶも、間に合わない。

ボクたちの目の前で打ち上げ花火は、順に炎を撃ち出した。悲鳴とともに久美ちゃんがのけぞる。幸いにも、直撃はせずに肩のところをかすめただけのようだ。だけどそれでも上着を燃えあがらせるのには十分なようだった。

最初は小さな火の塊。それが広がって、炎となっていく。あっという間に久美ちゃんの左腕は橙色の炎に包まれた。

「や、いや……っ……」

「久美ちゃん！」「久美さん！」

悲鳴をあげて、久美ちゃんは秘密基地の入り口へと向かって走り出した。

慌ててあとを追う。久美ちゃんは秘密基地の外に出ると、いやいやをするように身をよじらせて、炎に覆われた上着を脱ぎ捨てた。炎に包まれた上着が地面に落ちる。燃えていたのは上着だけで、身体にはほとんど火傷は負っていないようだった。

よかった……思わず胸を撫で下ろす。せっかくモミジが助かったというのに、ここで久美ちゃんが火傷を負ってしまっては台無しだ。

そこで気を抜いたのがよくなかった。

辺りには、風が吹いていた。あとから聞いた話では、火災現場では気流の関係で上昇旋風《せんぷう》が起きやすいらしい。その風は、ボクたちの目の前で強く吹き付けて、地面に落ちていた上着を空へと吹き上げた。

大きく舞い上がった上着。

その先には、神社の本殿があった。

4

一連の光景が、まるでスローモーションのようにゆっくりに見えた。

風に煽《あお》られて舞い上がる上着。ふわりと本殿の屋根へと覆い被さり、そのままその橙色の炎を移す。移された小さな炎は、そのまま屋根を伝って神社全体へと大きく広がっていく。

あっという間に、炎は神社のほぼ全てを覆い尽くしていた。

気づけば、全ては一度目のなつやすみと同じだった。

蚊遣り豚が原因で火が生じ、それが花火に燃え移ることで拡大する。拡大した炎は、周囲を巻き込み、何らかの要因で神社へと燃え移る。

結局、運命は変えられないということなのか。物事には絶対的に収束すべき流れというものがあって、途中が少し変わったくらいでは大元の帰結は変えられない。ボクらの未来も、そしてニャン太の命も、全ては一度目と同じように灰の中に消えてしまうもので……

「そうだ、ニャン太……！」

ここに来た時から見えないニャン太の姿。久美ちゃんは、すでにどこかに隠したと言っていた。だけど、どこかって、どこに？　一度目のなつやすみでは、だれかがこう叫んだ。「ニャン太がまだ神社の中にいる……！」。まさか……

久美ちゃんのもとへ駆け寄り、問いかける。

「久美ちゃん、ニャン太は？　ニャン太をどこに連れていったの！」

「あ、え……」

久美ちゃんはまだ動揺しているようだった。だけど震える手を懸命にあげて、神社の本殿の方向を指さした。「あ、あそこ……ニャン太ちゃんは、ケージに入れて神社の本殿の中に……」

「……っ……」

本当に、これじゃあ何もかも一度目と同じじゃないか。秘密基地から火が出て、神社は結局燃えてしまって、ニャン太は行方不明になって……

いや、まだだ……！

一度目の時は、ボクが着いた時には炎はもうすでに神社のほぼ全てを焼き尽くしていて、何もできることはなかった。

でも今は違う。火は神社全体に広がってはいるものの、まだ神社はその形を失って

はいない。これならまだ中に入ってニャン太を助けることも不可能ではないはずだ
……！　ニャン太を助ける。それが未来を変える唯一の方法であって、この二度目の
なつやすみを楽しい思い出のまま終える道だ。
でもどうやって……？　自問する。炎が回りきっていないとはいっても、本殿の入
り口のところはすでに炎で覆われてしまっている。他に入り口はないし、あれじゃ中
に入ることができない……
「……アキにぃ、あそこからならはいれる……！」
「え？」
意外な声が思考を中断させた。
ボクの服の袖を引っ張って、話しかけてきていたのは……ウミちゃんだった。
「ウミちゃん！　どうして……」
「……そんなことよりも、いまはニャン太をたすけるほうがさき。あそこにはぬけみ
ちがあって、うらにあいているあなからならなかにはいれる。だから……」
「そうなの？」
「……うん」
そうか、この神社は、ウミちゃんの家の持ち物だ。なら、そういった裏道を知って

いてもおかしくない。

「分かったよ、じゃあ行ってくる！」

池の水を頭から被り、裏口に回ろうとする。

「ま、待って、アキ！　わたしも行く！」

「モミジ？」

「ニャン太があそこにいるんでしょ！　だったらわたしも行きたい。それに、あんなところに、アキを一人で行かせられないよ！」

「それは……」

気持ちは分かるけれど、その申し出は受け入れがたかった。モミジは女の子だ。それにさっきからモミジの顔は、まるで海遊びをした日に体調を崩した時みたいに蒼白になっている。こんなモミジを連れていくわけにはいかない。

「だいじょうぶ、ボク一人で行けるよ。モミジはウミちゃんとここで待ってて」

「で、でも……」

なおもモミジは食い下がってくる。

その時、モミジの後ろから、人影が勢いよく飛び出してきた。

「待った、ここはおれがいく！」

そこにはいたのは、腕まくりをしてバケツの水を被ったタケオだった。ウミちゃんだけでなく、タケオまでどうして……？

「タケオ⁉」

「あの中にニャン太がいるんだろ？　だったら、ここはこのタケオさまの出番ってもんだ。アキといっしょに、ちゃちゃっとかたづけてやるぜ！　なあ、アキ？」

「え、あ、う、うん……」

「まったく、アキのさぷらいずそうべつかいの準備で早くきてみたら、なんでこんなことになってんだよ。さっさとおわらせて、たんじょうかいとそうべつかいをしようぜ！」

そうか……だからモミジもウミちゃんもタケオもここにいたのか。もしかして一度目の時もそうだった……？　ずっと疑問だったけれど、ようやく納得がいった気がした。

タケオの顔を見て、うなずき返す。

「わかった、行こう、タケオ！」

「おう、まかせとけ！」

「き、気をつけて、アキ、タケオ！」

モミジの心配する声を背中に受けて、タケオと炎に包まれた神社へと向かう。

本殿の中は、外から見るよりも炎が広がっていた。

木造建築であることから火の回りが早いのだろう。さらに立ちこめる煙によって視界がかなり制限されてしまっている。これは急がないとまずいかもしれない。

「アキ、ニャン太はどこにいるんだ？」

「分からない。久美ちゃんの話だと本殿のご神体《しんたい》の傍《そば》にケージに入れて置いてきたって……」

「ごしんたいって、かみさまのかたちをしたぶつぞうみたいなのだろ。阿修羅《あしゅら》マンみたいなのをさがせばいいのか？」

「ううん、ちがうよ。ここのご神体は、剣の形をしているみたいなんだ。ご神体って、だいたいそういうものらしいよ」

「ふぅん、そうなのか。分かった、剣だな、剣！」

そんなやり取りをして、タケオと二人で、煙をかき分けながら本殿の中を探索する。

「ニャン太！」

「どこだよ、ニャン太！」

大声でニャン太の名前を呼ぶ。黒煙に包まれた本殿に、ボクたちの声が反響した。

外から見た限り、この本殿はそこまで広くはないはずだ。二人で叫べばニャン太にもボクたちの声が聞こえるはず。すると煙の向こうから、耳に馴染んだ鳴き声が返ってきた。

ニャー……！

「タケオ、今の！」

「ああ、ばっちりきこえたぜ！」

うなずき合って、声の聞こえた方へと走り寄る。

そこに……ニャン太はいた。

ニャー！　ニャー！　ご神体を置いてあると思われる台座のような場所の裏で、ケージに入れられて、ジタバタともがいている。見たところ怪我などはしていないようだ。だけど……

「アキ、これ……」

「うん……」

炎で崩れたのか、ケージの上には、天井《てんじょう》の梁《はり》の一部が焼け落ちて覆い被さっていた。

大人数人でようやく抱え上げられそうなほどの太い木の塊。ケージが潰されてしまっていなかったのは本当に幸運だったけれど、これをどかさない限りニャン太を助け出せそうにない。

「とにかく……持ちあげるしかないよ。タケオ、手伝って！」

「おう！」

タケオと協力して、何とか梁を持ちあげようとする。だけど梁は重く頑丈《がんじょう》で、子ども二人の力ではビクともしない。

「くっ……」

「お、おもてぇな、これ……」

二人で力を合わせて梁を押し続ける。持ちあげられなくても少しでも位置をずらすことができればと思ったけれど、それすらもままならない。

その時、天井で、ミシリと嫌な音がした。パラパラと、火の粉とともに木の欠片《かけら》のようなものが降ってくる。火の回りは思ったよりも早いようだ。もうここはあまり長く保《も》たないかもしれない。

「タケオは逃げるんだ！　あとはボクが何とかするから……！」

「……やだね。っていうかアキがいけよ。おれがこんな柱、すぐにぱぱっと持ちあげてニャン太を助けてやっからさ」

「タケオ……！」

そんなこと言っている場合じゃないのに。ニャン太もそれを促すかのように、ニャー！　ニャー！　と必死な声をあげる。

そんなボクたちの声を受けて、タケオはぽつりとつぶやいた。

「……しってるよ、おれがもちこんだ花火のせいで、こんなことになっちまったんだろ」

「え？」

「この火事……こんなに燃えひろがっちまったのは、おれがこっそりもちこんだあの花火に火が燃えうつったからなんだろ。あれがなければ、せいぜいボヤくらいですんでたって」

「それは……」

「カブトムシの時もアキにたよりっきりだったし、うみぼうずの時はやくに立たなかったし、きもだめしではこわがってばっかだったし……へっ、おれ、このなつやすみ、ロクなことしてねぇじゃんか。だから、ここでばんかいしておかないと……〝ニャン太団〟の一員だってむねをはって言えなくなっちまうんだよ！」

「タケオ……」

そこまで言われたら、これ以上何も言えなかった。

覚悟を決めて、タケオと二人で梁を押し続ける。だけど梁は依然として動かない。

天井の軋《きし》みがいっそう激しくなってくるのが感じられた。炎に煽られて建物全体が揺れている。いよいよ終わりが近いことが見て取れた。

……このままじゃダメだ。考えろ、考えるんだ！　ボクは何のためにタイムスリップをしてきたんだ。何のための二十八歳の頭だ。この時の、この場面でニャン太を助けるためじゃないのか。一瞬でいい。ほんの僅かな間、梁を少しだけ持ちあげることができれば……！

その時、ボクの目にあるものの姿が入ってきた。

ご神体を奉納してあるという台座。

それを見たボクの頭に、ある考えが浮かんだ。

……そうか、あれだ。あれを使えば何とかなるかもしれない。その考えが正しいかどうかは分からないけれど、今は迷っている余裕はない。ボクはそれを手に取った。

「アキ、それって……？」

「これが……ご神体」

それは剣というよりも、杖《つえ》のような形状をしていた。一メートルほどの長さで、先には猫の手を摸《も》したような飾りが付けられている。お祖母ちゃんの言っていた、〝根々古様〟の〝手〟とはこれのことなのだろうか。

「タケオ、これを使おう！」

「剣……それでどうすんだよ？　あ、わかったぞ、その剣でこの柱をバラバラにきってニャン太を助けだすんだな！」

「ちがうよ！　これはこうして……」

タケオの言葉を遮って、ご神体の杖の部分を梁とケージとの間に嚙ませる。そしてそのまま猫の手の意匠《いしょう》がされている柄の部分に思いっきり体重をかけた。テコの原理だ。あとはこのご神体が壊《こわ》れさえせずにいてくれれば……

「そ、そうか！」

タケオもようやくボクがやりたいことに気づいてくれたみたいだった。二人で全体重を乗せて、ご神体の柄の部分に力をかける。

「うごけ……っ……」

「うおぉおおお……」

太く重い梁はそれでもすぐには動かない。だけど何度も力を加える内に、少しずつだが動く兆候《ちょうこう》を見せ始めた。

「あと少しだ、がんばろう、タケオ……！」

「お、おう……！」

さらに何度も何度も全力で力をこめる。だけどそのあと少しが動かない。何かの重しのように梁はケージの上にのしかかっている。やっぱりダメなのか……？　運命は、未来は変えられずに、結局一度目と同じ幕切れに終わってしまうのか。そんなのって……。

脳裏にこの二度目のなつやすみの出来事が浮かぶ。

カブトムシ採り、海遊び、海坊主探索、盆踊り、肝試し、七色ホタル。それらの温かく楽しい思い出を、悲しい結末で塗り潰したくない。神様でも仏様でも何でもいい。もしもいるのなら今だけ力を貸してくれ……！

心の底からそう願う。

その時だった。

ご神体が、光った。

煙の中でも分かるくらいのまぶしい真っ白な光。あまりの光量に、何かが爆発《ばくはつ》でもしたのかと思った。

そして、

ズ……

そんな鈍い音とともに、梁が少しだけ持ちあがった。

「！　今だ、タケオ……！」

「お、う……っ！」

それを見てタケオがケージを梁の下から運び出す。ニャン太は無事だ。ケージという支《ささ》えがなくなったため、梁は引力に従ってドスンと地面に落ちた。直後に、まるでその役割を終えたかのように、ご神体が粉々になって砕け散った。

「やったな、アキ！」

「うん……！」

タケオとハイタッチをしてうなずき合う。

ニャン太を助けることができた。一度目のなつやすみと、結末を変えることができた。全てを防ぐことができたわけじゃないけど、これで未来は変わるかもしれない。

新しい可能性に望みを繋ぐことができたのかもしれない。

腕の中のニャン太の温《ぬく》もりが、未来への希望のように感じられた。

「こっちだ、アキ！」

「うん……！」

ニャン太を腕に抱いて、出口に向けてひた走る。本殿の中は、すでにところどころが崩れてきている状態だった。火の粉や落ちてくる瓦礫《がれき》を避けながら、入ってきた裏の抜け道へと向かう。

抜け道周りにも、もうだいぶ火が回ってきていた。火が服に燃え移らないように注意しながら慎重に壁に空いた穴をくぐる。ここで何かあったりしたら全てが水の泡だ。途中でニャン太の長いシッポに火の粉が飛び移りそうになりヒヤッとしたが、すぐに叩いて消したので大事《だいじ》には至らなかった。

ニャン太を腕に、タケオと二人で無事に本殿から外に出る。

「アキ！　ニャン太、タケオ……！」

「……よかった、みんなぶじ……」

抜け道のところで待機していたモミジとウミちゃんが心配そうに駆け寄ってくる。

タケオが「へへ、おれさまにかかればこれくらいあさめし前――ちがうな、今のじかんならひるめし前だぜ」と胸を叩きながらそう口にした。そんないつも通りのタケオの姿に少し安心する。よかった、これでもう大丈夫だ……。ほっとひと息をつこうとしたその瞬間だった。

ガラン、と頭上で音がした。

何だろう、と見上げるのと、燃えてもろくなった屋根の一部が崩れ落ちてくるのは、ほぼ同時だった。

「!」

「アキ!!」

突然のことで、足が動かない。

まるでコマ送りのように、バラバラになった屋根の瓦礫が迫ってくる。ダメだ、避けられない! 運命は、ここで帳尻《ちょうじり》を合わせようとしているのか。頭の中に瓦礫の下敷きになった自分とニャン太のイメージが浮かぶ。いや、そんなのダメだ! せめてニャン太だけでも……! 懸命に腕の中のニャン太を逃がそうとして、
横から、何かがぶつかってきた。

はじき飛ばされるようにしてニャン太といっしょに地面へと転がる。一秒あるかないかの時間差で、崩れ落ちた屋根の一部が、ボクのすぐ真横に突き刺さり轟音《ごうおん》を立てた。

「大丈夫かい、アキ、ニャン太……！」

「あ……」

「カイ兄ちゃん……」

すんでのところボクたちを救ってくれたのは、カイ兄ちゃんだった。ボクたちを守るようにして覆い被さって、肩で荒く息をしている。屋根の破片がかすめたのか、額に怪我をしているようだった。

「カイ兄ちゃん、頭に怪我して……」

「大丈夫だよ。こんなの何てことない」

「で、でも……」

気遣うボクに、カイ兄ちゃんは静かに首を振って言った。

「……僕だって、こんな結末を望んでいるわけじゃなかったんだ……」

「カイ兄ちゃん……？」

「本当は、何も起きないままなつやすみが終わってほしかったし、ニャン太にも助かってほしかった。火事なんて、起きてほしくなかった。僕はただ……彼女の力になりたかった……久美ちゃんの力に、なりたかっただけなんだ……」

ボクの肩をグッと掴んで顔をうつむかせる。

「それにこんなことをしても意味がないって、気づいたんだ……僕を縛っていたのはこの神社じゃなくて、夢を諦めてしまった、僕自身の心だってことに……」

カイ兄ちゃんが何を言っているのかは分からない。

だけどカイ兄ちゃんもまた、何かに悩んで葛藤《かっとう》していたということは伝わってきた。

やがて神社の入り口の方から何人かの大人たちの声が聞こえてきた。町の、消防団の人たちだ。カイ兄ちゃんが呼んでいたらしい。

「おおい、大丈夫か、アキ坊たち！」

声をあげながら心配そうな顔で駆け寄ってくる。

これでもう本当に大丈夫なのだと、心の底から確信することができた。


こうして、二度目の『秘密基地・神社全焼事件』は終わった。

秘密基地は全焼して、神社も、拝殿と社務所、鳥居を残し、本殿はほぼ焼け落ちた。

だけど、モミジは右手に火傷を負うことはなく、ニャン太も無事に助け出された。

今はそれだけで……十分だと思う。

5

境内の大きな石に座って、消防団の人たちが後片付けをするのを眺めていた。

燃え落ちてしまった本殿の瓦礫をどけて、下に何かないかを探している。火はすでに全て消し止められていて、辺りには焦げくさいにおいだけが漂っていた。

ボクの周りにはタケオ、モミジ、ウミちゃん、カイ兄ちゃん、ニャン太、そして久美ちゃんの姿。さらに現場には、叔父さん叔母さんやタケオやモミジ、ウミちゃんたちの両親、ナマコじいちゃんやガラス工房のお姉さんたちまで集まってきている。

消防団の人たちには、火事の原因については蚊取り線香のせいだと言っておいた。秘密基地に置いておいた蚊遣り豚が風で倒れて、近くにあった花火に燃え移ってしまったのだと。久美ちゃんが何かを言おうとしたけれど、ボクはそれを押しとどめた。

久美ちゃんだって火事を起こそうとしていたわけじゃないんだ。余計な責任を負わせることはない。大人たちには怒られたけれど、それよりも何よりもまず心配された。みんな無事でよかったと、叔父さんが泣きながら抱きついてきて大変だった。

秘密基地は立ち入り禁止となってしまった。

怪我人は出なかったとはいえ火を出したのだ。それはしかたがないだろう。本殿のほとんどが燃えてしまったことを考えるとむしろ寛大な処置だと言えた。神社の所有者であるカイ兄ちゃんたちの父親がかばってくれたというのも大きかったかもしれない。


「……みんな、ごめんなさい……私が、おかしなことを考えたせいで……」

大人たちによる事情の聴き取りが終わって、ボクらだけになったところで、久美ちゃんが涙ながらにみんなに向かって頭を下げた。

「……私は、もう少しで取り返しのつかないことをしてしまうところだった……大変な惨事《さんじ》を起こして、ニャン太ちゃんの未来を奪ってしまうところだった……ご、ごめんなさい……謝っても、謝りきれないことかもしれないけど……」

「久美さん……」

「あー、なんつーか、ええと……」

「……くみねぇ……」

モミジたちが困った表情で顔を見合わせる。久美ちゃんは同時に、全ての事情を話してくれた。その告白に、みんな何と言っていいのか分からないみたいだ。

「久美ちゃんだけが悪いわけじゃない……僕は、久美ちゃんの計画を知っていたんだ。知っていて……手助けを、した」

「カイくん……！　ち、ちがうの、カイくんは悪くないよ。私の話を聞いて、相談にのってくれただけで……」

「……いいんだ、久美ちゃん。ニャン太を隠せばいいんじゃないかって提案したのも僕だし、アキが久美ちゃんと鉢合わせないように足止めしたのも僕だ。本殿の入り口の鍵《かぎ》も、僕が渡した……全ての原因を作ったのは僕だ。責められるべきは……僕なんだよ」

絞り出すようなカイ兄ちゃんの言葉。

その内容から、何となく一度目の火事の概要《がいよう》も見えてくる。

ニャン太を隠そうとして秘密基地へ向かった久美ちゃん。その際に蚊遣り豚を倒してしまい、火が出た。火は置いてあった花火に燃え移って、さらにボクへのサプライズ送別会の準備で時間よりも早く秘密基地を訪れていたモミジに襲いかかった。モミジは右手に重い火傷を負い、さらに火はモミジの上着と花火とを媒介《ばいかい》にして神社へと燃え移り、本殿を全焼させた。ウミちゃんが分岐点のリボンの位置を変えていたためボクは間に合わず、本殿に隠されていたニャン太は……そのまま行方不明になった。

きっとあの時、「ニャン太がまだ神社の中にいる……！」と叫んだのはカイ兄ちゃんだったんだろう。

結局のところ、と思う。

あの一度目の火事は、ボクたち一人一人の行動がパズルのピースのように組み合わさって生じたのだ。間に合わなかったボク、花火を秘密基地に置いたタケオ、火の点いた上着を放ってしまったモミジ、分岐の印を変えたウミちゃん、久美ちゃんをかばっていたカイ兄ちゃん。火事の直接の原因は確かに蚊遣り豚を倒してしまった久美ちゃんなのかもしれない。だけど、彼女だけを責めることはできなかった。二度目においてもそれは同様だ。

この火事は、一度目も二度目も、五人全員の行動で引き起こされたものだ。だけど、この二度目のなつやすみで火事が最低限の被害に抑えられ、ニャン太を助けることができたのも、五人それぞれの活躍があったからだった。

だから、ボクは言った。

「……ボクたちに、久美ちゃんとカイ兄ちゃんを責めることなんてできない——ううん、そんなこと、したくないよ。だって、みんな、想いは同じだった。このなつやすみに楽しい思い出を残したくて、みんなでいっしょに笑って同じ時間を共有したくて……ただ、それだけだったんだ」

「ア、アキちゃん……」

「アキ……」

「ボクたちはみんな、一生懸命だったんだよ。真っ直ぐでひたむきで、自分の一番いいと思うことをやっただけだった。一生懸命すぎて、それはちょっと周りが見えなくなっていた部分はあると思う。ニャン太を隠そうとしたことだけは、久美ちゃんとカイ兄ちゃんの勇み足だったかも。だからその分だけ、ニャン太に大好物の鶏のささみでもプレゼントしてくれれば、全部オッケーだよ。ね？」

ニャン。肯定するかのようにニャン太が軽やかに鳴く。

タケオたちも口を揃えて、

「そ、そうだぜ、おれだって、花火をもちこんだりしちまったわけだし……！」

「わ、わたしも、蚊遣り豚を秘密基地に置きたいって言っちゃったし……」

「……ウミも、かってにしるしをかえたりした」

「み、みんな……」

「……ありがとう……」

肩を震わせて頭を下げる久美ちゃんとカイ兄ちゃんの手を、みんなでぎゅっと握りしめる。

あの日、秘密基地で交わされた約束。

それを未来に繋げていくことが、できそうだった。


日が傾き始めていた。

八月三十一日が、もうすぐ終わろうとしている。

ニャー。傍らのニャン太が静かに鳴いた。

ボクは、その時間が来たことを感じていた。

神社には穏やかな風が吹いていた。夏の終わりを告げる、どこか冷たさを含んだ風。

焼けた本殿の傍らではタケオたちが集まって何か話をしている。それを見て、ボクは何となく考える。

これは、だれが望んでいたことなのだろうか。

二十年前のあの夏に戻り、〝仲間〟が再び絆《きずな》を取り戻して、新たな未来の可能性をつかみとる。それはきっとボクたちのだれもが望んでいたことであり、心から願っていたことであるはずだ。

だけど、その中でも一番それを望んでいたのはだれだっただろう。

ふと思う。あの火事の最も渦中《かちゅう》にあって、行方が知れなくなった〝ニャン太団〟の一員。それが原因となってボクたちはバラバラになった。いつもいっしょだった〝仲間〟たちはどこかお互い気まずくなり、心は離れてしまった。それを修復したくとも自分ではどうすることもできなかった。その想いが、この現象を望んだのだとしたら。

それはもしかして――

「……」

考えを巡らせていると、甘えるように、隣のニャン太がちょこんとシッポを差し出してきた。それは鬼ごっこで、さんざん逃げ回ったあとにニャン太がいつもやっていた仕草《しぐさ》。その日一日の終わりと、鬼ごっこの終わりを示すもので……

そっか、そういうことだったのか。

ボクの中で何かがすっと溶けていった。

答えは最初から、ボクの中にあったんだ。

この二度目のなつやすみからの帰還。

ニャン太が思い残したこと。その願い。

ニャン太は、ずっと鬼ごっこをしていたんだ。一度目のなつやすみの、あの日から、ずっと。この八月三十一日を終わらせるために。

それら全ての想いをこめて、ボクはニャン太のシッポを握った。

「ニャン太……タッチ！」

その瞬間、ニャン太が笑ったような気がした。猫が笑うわけはないんだけれど、確かにそう感じたのだ。

途端に、視界がぐにゃりと歪んだ。

この二度目のなつやすみに来た時と同じ猛烈《もうれつ》な眠気に襲われて、ボクはその場に膝を着く。水面の月に石を落とした時のように、辺りの景色がぼやけて見えた。

「お、おい、アキ、どうしたんだよ！」

「アキ、ちょっと、これって……」

「……まさか、アキにぃ……」

「そうか、そういうことだったのか……」

みんなの声がガラスの板を隔《へだ》てたかのように遠くに聞こえる。視界が急速に闇に落ちていくのを感じた。

最後にニャン太の声がかすかに耳の奥で響くのを聞いて、ボクは意識を失ったのだった。

Bokutachi no Natsuyasumi
Epilogue
エピローグ

大合唱するかのような蝉の声がうるさかった。

ミンミンミンジージージミンミンミンミン……まるで起きろ起きろと急かしてくるかのように耳元にやかましく響いてくる。

「ううん……」

頭を振りながら身体を起こす。

意識がぼんやりとしていた。まだ少し頭が重い。八月の容赦《ようしゃ》のない日射しが降り注ぐ中、背中にはひんやりとした感触があった。ここは……神社の境内？　あれ、確か意識を失ったのは木の陰だったはずなのに……と不思議に思っていると、上から声が降ってきた。

「お、やっと気づいたみたいだな。大丈夫か？」

「え？」

「久々の再会だってんで来てみたら、いきなり倒れてんだもんな。ビックリしたぜ」

そう言って缶ジュースを差し出してきたのは若い男だった。刈り込まれた短髪にがっしりとした身体。そのイタズラ坊主をそのまま大人にしたような顔には、見覚えがあった。

「え……タケオ、タケオなのか？」

「おう、そうだぜ。お前、アキだろ。すぐ分かったぜ。変わらないな」

ニカッと歯を見せて笑いかけてくる。その姿は子どものものではなく、俺と同じ二十八歳の大人の男のものだった。ということは、ここは元の、現代の海鳴町であって
……

「そっか、戻ってこられたのか……」

起き上がって、両手の感触を確かめた。

その手はじっとりと汗に濡れていて、途端にあれは夢だったんじゃないかとも思えてくる。邯鄲《かんたん》の夢。人は夢の中で、一生分の体験もできるという。あのなつやすみの三十日間も、俺はそれと同じ経験をしたんじゃないだろうか。

「？　戻ってくるって、アキ、お前どっかに行ってたのか？」

「あ、いや、何ていうか……」

「？」

不思議そうに首を捻《ひね》るタケオ。まさかついさっきまで二十年前のなつやすみに行っていたなんて言っても、とても信じてはくれないだろうな。

どう答えていいか分からない俺に、タケオは自分の分の缶ジュースのフタを開けて

こう言った。

「にしても久しぶりだよな。最後に会ったのはあのなつやすみだから、二十年前か」

「うん」

「はー、時間が経つのは早いっていうけど本当だな。でもそんなに長く会ってなかったって気はあんましないのな。や、それって俺だけかもしんねぇんだけどな」

「ううん、そんなことない。俺もそうだよ」

ついさっきまで見ていた二十年前のタケオの笑顔。それが一つになるように目の前のタケオに重なる。そうだ、あれは夢なんかじゃなかった。俺は間違いなく、二十年前のなつやすみに戻っていたんだ。

そう考えを巡らせていると、新たな声がかけられた。

「――え、もしかして、アキ？」

「……アキ兄《に》ぃ？」

神社の入り口の方を見ると、そこに立っていたのは二人の女性だった。どちらも大人になってずいぶんとキレイになっていたが、その顔立ちには面影《おもかげ》がある。

「モミジ？　ウミちゃん……？」

「やっぱりそうだ！　わー、うわー、アキだ！　本物のアキだっ！」

「……偽者《にせもの》じゃない」

モミジとウミちゃんだった。二人とも見た目はだいぶ大人びていたけれど、中身は変わっていないようだ。破顔《はがん》して駆け寄ってくる様は二十年前と同じ。それがちょっとだけ、俺には嬉しかった。

「二人とも、おせえじゃんか。一時には集合だって言ったのによう」

「あー、うん、ごめん。何か急に眠くなっちゃって、仮眠してたの」

「……ウミは、二度寝」

「……ウミは論外として。やっぱモミジ、忙しいのか？ 気鋭のガラス工芸作家だもんな」

「そ、そんなんじゃないって。やっとバイトしないでも生活できるようになってきたくらいなんだから……」

顔の前でブンブンと手を振りながら恥ずかしそうにモミジが言う。そっか、モミジはガラス工芸作家になることができたのか。それはつまり、あの時に言っていた夢を叶えたってことになる。すごいな……

「とにかく遅くなってごめんね。でもお詫《わ》びにスペシャルゲストを連れてきたんだから、許してよ」

「スペシャルゲスト？」

「うん、そ。じゃじゃーん」

モミジが手招きをする。その後ろから、紋付《もんつ》き袴《はかま》を着た一人の青年が姿を現した。

その穏やかな笑顔には見覚えがあって……

「え、もしかして……カイ兄ちゃん？」

「うん。久しぶりだね、アキ」

やっぱりそうだった。子どもの頃もだいぶ整った顔立ちをしていると思っていたけれど、成長して大人になった今では、同性の俺が見ても羨《うらや》むほどの美男子になっていた。

「新郎がこんなところに来てて大丈夫なのか？」

「うん、ちょっと抜け出すって言ってきた。大丈夫、久美も了承してくれているよ」

タケオの言葉ににこやかにそう答える。

そう、カイ兄ちゃんが今日の結婚式の主役の一人なのだった。色々と紆余曲折があって、久美ちゃんと結ばれることとなったのだという。

そして気づけば、あの時の五人が、〝ニャン太団〟がここに揃っていた。

「考えてみれば全員集合だよね、〝ニャン太団〟」

と、モミジが言った。

「あの時に結成した、みんなの〝ニャン太団〟。もう二十年も前なのかあ。でも久しぶりに会うのに、そんな気がしないんだよね。ふふ、さっきまで見てた夢のせいかな」

「夢？」

「うん、そう。二十年前の、あのなつやすみにタイムスリップして、色々とやり直す夢。すっごくリアルな夢だったなあ……そこで、小学生だったアキと、タケオと、ウミちゃんと、カイ兄ちゃんと、ニャン太といっしょになつやすみを過ごしたの。起こるはずだった火事を防いでニャン太を助けるために。ふふ、おかしな夢でしょ」

「え……」

ちょっと待て、それって……？　言葉を挟もうとして、だけどその前にタケオとウミちゃん、カイ兄ちゃんが声をあげた。

「え、モミジ、そのなつやすみって、二十年前のやつか？　あの、神社と秘密基地が燃えた年の……」

「……本当はモミジ姉《ね》ぇが火傷を負って、ニャン太が行方不明になるはずだったのを、みんなで防いだ？」

「一度目には起こらなかった、〝ニャン太団〟の結成や『海坊主出没事件』が起こった……？」

「え？　う、うん、そうだよ。え、まさか……」

　モミジの言葉に、タケオたちがうなずき返す。

「ああ、その夢……さっきまで俺も見てた」

「……ウミも。夢の中で、八月一日から三十一日までを過ごした」

「……驚いたな。僕が見ていたのもまったく同じものだよ。衣装の準備中にふいに眠気に襲われて、気がついたら二十年前のあのなつやすみにいた。だけどまさかそんなことって……」

　タケオたちが顔を見合わせる。

「なあ、アキ。お前さっき戻ってきたって言ってたけど、それってまさか……」

「あ、ああ……」

　もはや疑いようもなかった。

　ああ、そうか、そういうことだったのか。

　全てに得心《とくしん》する。さっきまで見ていたのは夢でなければ、二十年前のなつやすみに行っていたのも、俺一人じゃない。

ウミちゃんがぽつりとつぶやいた。

「……シュレディンガーの猫は、生きていた。そういうこと、なの……？」


たとえば……こういうことは考えられないだろうか。

二十年前のなつやすみに、俺は、ボクたちそれぞれ小さな後悔を残した。一つ一つは小さな悔恨。だけどそれらを束ねて一つにして、ここの神社の祭神様――願いを叶えてくれる〝根々古様〟に願ったものがいたのだ。それがいつ願われたものなのかは分からない。けれどボクたち五人がこの海鳴の町に揃ったことを契機に、その願いは叶えられた。ボクたち五人が揃うことで、二十年前のなつやすみへの扉が開かれた。

荒唐無《こうとうむ》稽《けい》な話かもしれないけれど、そんな気がするのだ。

「じゃ、じゃあ、もしかしてみんなも、あの火事を防ごうとしていたってこと……？　わたしだけじゃなくて……？」

「あ、ああ、何度か秘密基地に様子を見に行ったりしてたぜ。もっとも、花火のことは知らなかったからドジっちまったけど……」

「そ、そうなんだ？　あれは驚いたよ。せっかく海坊主のせいにして花火を濡らしたのに、結局タケオが持ちこんじゃうんだもん」

「え、あれってモミジだったのかよ？」

「う、うん。花火は……トラウマだったの。一度目の時に負った火傷がひどくて、それで右手が使えなくなって、ガラス工芸作家への道も途絶えちゃったから。だからどうしても花火は使えないようにしておきたくて……」

「……ウミは、最後の日以外はなるべく一度目のなつやすみの通りにするのがいいと思ってた。その方が火事までの過程が変わらなくて対応しやすいと思ったから。もっとも、早々にアキ兄ぃに邪魔されたけど」

「う、わ、悪い、ウミちゃん……」

「……いい。結果的には、アキ兄ぃの採った行動が正しかった」

「そっかそっかー。道理でみんな、なんかおかしいと思ったんだよな。大人びてたっていうか、小学生らしくなかったっていうか」

「そう？　タケオはあんまり変わらなかった気がするけど」

「……うん、普通に小学生だった。ていうか、そこいらの小学生よりもずっと小学生だった」

「う……ひってぇな。なあ、アキはそんなことないって思ったよな？」

「ごめん、俺も同じ感想」

「げ、おわった」

そんなことを言い合って、笑い合う。

一度目だけじゃなく、二度目のなつやすみもボクたちは思い出を共有していた。その事実が、嬉しかった。

そんな中、

「……」

カイ兄ちゃんだけは無言だった。こちらの会話に参加しようとせずに、思い詰めたような顔で押し黙ってしまっている。どうしたんだろう……？　気になって声をかけようとして、
その時だった。

ニャー……

どこからか、か細い声がした。

それは俺がタイムスリップをする前に聞いた、小さな小さな鳴き声。

もしかして……と振り返る。鳴き声が聞こえてきたのは神社の本殿の陰。

そこに……ニャン太がいた。

「ニャン太……？　ニャン太、なのか……？」

見間違えるはずがなかった。新雪のような真っ白な毛並み、ピンと立った耳、少しだけ右に曲がったシッポ。全体的に一回り小さくなってはいたけれど、それは間違いなくニャン太だった。

みんなで駆け寄ると、ニャン太は全身を震わせるようにしてもう一度小さく鳴いた。だけどその身体には力はなく、崩れるようにその場に倒れ込んだ。

「ニャン太……！」

ニャア……

支えるようにして身体を抱き上げる。その身体は記憶にあるものよりも驚くほど軽くて、この暑さにもかかわらず冷え切っていた。どうして……？

「きっと……寿命、なんだよ……」

「え……？」

そう口にしたのはモミジだった。顔を伏せて、震える手を口元に当てて言う。

「猫の寿命って、普通十五年くらいだったはずなんだよ……でもニャン太は、あのなつやすみの二年前に拾ったから、少なくとももう二十二歳……人間でいうと、百歳をゆうに越えるくらいの高齢で……」

「そんな……」

だけど目の前のニャン太の状況はその言葉を肯定していた。腕の中に収まったニャン太の身体からは生命力は感じられない。消える寸前のロウソクのように、頼りない光しか放っていなかった。

「…………」

もしかしたらニャン太は待っていてくれたのかもしれない。

あのなつやすみに、火事の運命から逃れて。それから長い長い時間をかけて、再び俺たちに——ボクたちに出会うことができるこの日まで。

ボクの腕の中で、ニャン太は懸命に呼吸をしていた。みんなで囲んで、冷えたその身体を温めるように手を触れる。ニャン太の小さな身体から、トクントクン……と小さな鼓動が感じられた。

だけど一人だけ、カイ兄ちゃんだけは離れた場所から近づいてこようとはしなかった。

「カイ兄ちゃん……？」

「……」

呼びかけるも、答えない。こっちを見ようともせずに、ただその背中を震わせている。

「カイ兄ちゃん、ニャン太を……」

「……僕は、一度目も、二度目も、ニャン太を見捨てようとしたんだ」

「え？」

言いかけて、遮られた。なおもこちらを見ずにカイ兄ちゃんは続ける。

「僕はね……ニャン太は行方不明になっても仕方ないと、あの時一瞬、思ってしまったんだ。一度目の時に、知っていたから。久美の計画が原因で神社は燃えて、その結果僕は神社を継ぐこともなくなり、パイロットの夢を追いかけることができることを。そのためには、神社が燃えてくれないと困ると思った。一度目と同じように事が進んでくれないとダメだと思った。久美がニャン太を本殿に隠すことを止めて、神社が燃えなくなってしまうのはまずいと……そう思ってしまったんだよ。中にニャン太がいると知りながら！」

肩を震わせながら、その場に崩れ落ちる。

「だからこんな僕には、ニャン太を看取《みと》る資格なんてない。みんなといっしょに、見送ることなんてできないんだよ……！」

　そうか、だからカイ兄ちゃんはあの時に、自分はニャン太に好かれる資格なんてないと言っていたのか……。ニャン太を見捨てたという自責の念と、もう一度見捨てるかもしれないというエゴの狭間《はざま》で、苦悩していて……

　だけど、それだけじゃないはずだ。

　カイ兄ちゃんがニャン太のことを可愛がっていたのは事実だし、ニャン太を見捨てたことをずっと後悔していたのも本当だ。

　カイ兄ちゃんはずっと、後悔してやり直したいと思っていた。だからこそ、あの神社が崩れ落ちてきた時にニャン太を助けに来てくれた。ボクらとニャン太を、すんでのところで救ってくれた。それだけは曲げようのない真実で、ニャン太だってそのことは分かっているはずだ。

　腕の中のニャン太を見る。ニャン太は小さく瞬きをしたあとに、カイ兄ちゃんの方を見て長い声で鳴いた。

　ミャー……

　それはだれかに近くに来てほしい時の鳴き声だった。たどたどしいながらも、その声はカイ兄ちゃんの背中に向けられていた。

「……許してくれるっていうのかい……？　こんな僕を……」

ニャ……

「……あんなことを……ニャン太を見捨てるような真似《まね》をした僕を、許して……ごめん……ごめんよ、ニャン太……僕は、僕は……」

すがりつくようにニャン太の小さな身体に手を添える。

〝ニャン太団〟五人の腕に抱かれて、ニャン太は嬉しそうだった。目を細めながら、甘えるように喉を鳴らして頬をすり寄せてくる。だけどその仕草には力はなくて、もう時間は残されていないのだと、ボクたちのだれもが口に出さないまでも理解していた。

そして……その時がやって来た。

ボクらの腕の中で胸を上下させていたニャン太の呼吸が、次第に弱々しいものとなっていった。少しだけ右に曲がったシッポからもゆっくりと力が抜ける。ボクたちみんなが見守る中、最後に、ニャン太は満足そうに「ニャー」と鳴いた。あのなつやすみに毎日していたのと同じ、本当に、本当に楽しそうな鳴き声だった。

そのまま……ニャン太は静かに目を閉じた。眠るような、静かな最期だった。

「ニャン太……！」

「お、おい、ニャン太！」

「ニャ、ニャン太……！　やだよ、こんなの……！」

「……いかないで、ニャン太……！」

「待ってくれ、まだ僕は、ニャン太に十分な償《つぐな》いをしていない……！」

みんな、泣いていた。二十八歳になる大人が、互いの目も気にせず声をあげて泣いていた。悲しかった。泣いても泣いても、涙は止まらなかった。ニャン太の存在は、ボクたちの中でそれほど大きくなっていたんだ。

そのままどれくらい経っただろう。

このままでは五人全員干からびてしまうんじゃないかというくらい泣き続けた頃、神社の横の草むらで、カサリと音がするのが聞こえてきた。

「……？」

そこは、ニャン太が姿を現したところ。そんな気分じゃなかったけれど、どうしてか気になって、重い身体を起こして覗いてみる。

すると、
ニャー、ニャー、ニャー。

聞こえてきた、小さな鳴き声。

躍動《やくどう》する、確かな生命。

そこには……小さなニャン太がいた。

「あ……」

真っ白な毛並み、ピンと立った耳、ピョコピョコとよく動くシッポ。それも一匹じゃない。全部で五匹。まるでニャン太の生まれかわりのように、ニャーニャー！　と元気よく鳴きながらボクらに近づいてくる。

一目見て分かった。確認するまでもなかった。

それは、ニャン太がボクたちに遺《のこ》してくれた五つの絆。

ニャン太の子どもたち……だ。

「そっか……ニャン太、家族を作ってたんだな」

「はは……な、何だよ、ニャン太。ちゃんとやることやってんじゃねぇか……」

「ふふ……みんな、ニャン太にそっくり。可愛い顔してる……」

「……ニャン太、子だくさん」

「まるで……ニャン太が五匹いるみたいだ……」

そう言い合いながら、ボクたちは、それぞれニャン太の忘れ形見を手に取る。小さな身体は柔らかくて、その温もりが手からはっきりと伝わってきた。それは未来への希望そのものであって……

「俺も……がんばらなきゃな」

ニャーニャーと元気に鳴く小さなニャン太を手に抱きながら思う。

あの日どこかに置き忘れてきた夢はまだ見つからない。

だけど懸命に前に進んでいけばいつかきっと夢は叶う。最後まで諦めなければ未来は拓《ひら》かれていく。あの二度目のなつやすみは、ニャン太は、ボクに——俺にそれを教えてくれた。

「そういえばアキは今どうしてるの？　アキの話、聞きたいな」

「お、モミジ、久しぶりにアキに会えて嬉しいんだろ。アキがいない間、ずっとアキ、アキって言ってたもんな」

「な、何言ってるのよ！　これはそういうんじゃなくて、た、ただ気になったから訊いただけで……」

「……モミジ姉ぇ、顔が真っ赤」

「モミジは本当に嘘がつけないね」

「そ、そんなんじゃないって……！　も、もう、ウミちゃんたちまで……」

「ははは。まあそれはともかく、俺たちもアキの話が聞きたいぜ。何てったたって二十年ぶりだもんな」

「わ、わたしも、そういうことが言いたかったのよ。まったく……」

「……アキ兄ぃは、今も東京なんだよね？　何をやってるの？」

「ゆっくり聞きたいな。僕たちも、色々と話すことがあるだろうし」

それに今の俺にはみんながいる。タケオ、モミジ、ウミちゃん、カイ兄ちゃん。二度目のなつやすみを共に過ごした、大切な〝ニャン太団〟の〝仲間〟が。みんなといっしょだったら、何だってできるような気がする。

「うん、話すよ、俺のこと。だからみんなのことも、教えてほしい」

みんなの顔を見回して、俺は力強くうなずいた。

神社には、海から流れてくる少し潮を含んだ風が吹き付けている。

夏の日射しはまだまだ健在で、その存在感を示すように俺たちの頭上から降り注いでくる。

どこからか、ニャン太の楽しげな鳴き声が聞こえたような気がした。

あのなつやすみはいつまでも続いていく。

ボクたちの、ボクたちとニャン太との絆が、途切れない限り。

ニャン太と、〝仲間〟たちと走り回った——ぼくたちのなつやすみは。

「――ということが、あったんだよ」

「ふぅん。そうなんだ。ふしぎな話だね」

高速道路を走る車の中で、猫を膝の上に抱いた男の子がそうつぶやいた。

「ねえねえ、それでその男の子たちはどうなったの？　〝仲間〟ともう一回あうことができて、それからは？」

「うん。再会した男の子たちは、その後、一晩語り合ったんだ。それで、もう一度本当の〝仲間〟になったんだよ。それからは毎年のように連絡を取り合って、今では家族も持ってみんな幸せに暮らしているんだよ」

「そうなんだあ。よかったね！」

「ああ」

車はやがて高速道路を降りて国道へと進んでいく。周囲の風景は次第にのどかなものへと変わってきていた。

「わあ、海だ！」

「アキラは、海が好きかい？」

「すきだよ！　今年もミクちゃんたちといっしょにかいすいよくをするやくそくをしてるんだ」

「そっか。夜の海には海坊主が出るから気をつけるんだよ」

「うん！　でも、うみぼうずの正体ってうみがめなんでしょう？」

少しだけいたずらっぽく笑う。

やがてトンネルを抜けると、窓の外は見慣れた景色を映し出すようになった。とんがり山、一本松の砂浜、『クリーニング』があった畦道。そして、あの神社へと続く道の脇通りを過ぎて、小さな酒屋に到着した。

「それじゃあ、タケオおじさんの言うことを聞いて、いい子にしているんだよ」

「うん！　おとうさんはどうするの？」

「おとうさんはカエデさんの工房までモミジおかあさんを迎えにいってくる。それからタケオおじさんたちに挨拶をするけど、その後は東京に戻るから、そこからはアキラ一人だ。大丈夫かな？」

「だいじょうぶだよ、ボク、ここに来るのはもう三かいめだから！　いこう、ニャン太！」

ニャン！

そう元気よく答えると、膝に乗せていた猫とともに、男の子は飛び出して行く。

まるで、あの日のボクたちのように。

夏のまばゆいばかりの強い日射しは、今日も海鳴の町を包むように照らしていた。

end

あとがき

はじめまして、五十嵐《いがらし》雄策《ゆうさく》です。
「ぼくたちのなつやすみ　過去と未来と、約束の秘密基地」を手に取っていただき、ありがとうございます。

子どもの頃、なつやすみは一大イベントでした。一年で最も長い休み。七月の内はまだまだ一ヶ月以上休みがあるという高揚感に包まれ、八月に入ると少しずつ毎日が休みであることにも慣れ始め、八月の終盤には過ぎ去っていく夏を寂しく思いつつ宿題に追われたりもする毎日。帰省、お盆、海水浴、夏祭りと、季節感溢れる行事も目白押しで、他の長期休みとは異なる趣《おもむき》があった気がします。

何より印象的だったのは、その独特の空気感でした。朝起きた時から感じる、今日はいつもとは違う何か新しいことが待っているのではないかというワクワク感。景色の色が違って見えたというか。昨日までとは違う新しい出会いに期待して、胸を高鳴らせながら外に飛び出していったものでした。そんななつやすみの空気を本作から少しでも感じ取っていただけたなら、作者としてはこれ以上嬉しいことはありません。

また本編中にはいくつかちょっとした仕掛けも仕込んであります。最後まで読んだ後に、ああ、あそこはそういうことだったのかと思っていただければ、幸いです。

以下は謝辞《しゃじ》を。

担当編集の和田《わだ》様、三木《みき》様、平井《ひらい》様。メディアワークス文庫でもよろしくお願いいたします。

イラストを担当してくださった植田《うえだ》亮《りよう》様。なつやすみのイメージにぴったりなイラストをありがとうございます！　何度も見入ってしまう……。

またデザインや校閲《こうえつ》など、この作品を出版するにあたってご尽力くださった全ての方々にお礼を申し上げます。

そして何よりも、この本を手に取ってくださった読者の皆様に最大限の感謝を。

それではまたお会いできることを願って——

二〇一五年六月　五十嵐雄策

五十嵐雄策　著作リスト

ぼくたちのなつやすみ　過去と未来と、約束の秘密基地（メディアワークス文庫）
乃木坂春香の秘密（電撃文庫）
乃木坂春香の秘密②（同）
乃木坂春香の秘密③（同）
乃木坂春香の秘密④（同）
乃木坂春香の秘密⑤（同）
乃木坂春香の秘密⑥（同）
乃木坂春香の秘密⑦（同）
乃木坂春香の秘密⑧（同）
乃木坂春香の秘密⑨（同）
乃木坂春香の秘密⑩（同）
乃木坂春香の秘密⑪（同）
乃木坂春香の秘密⑫（同）
乃木坂春香の秘密⑬（同）
乃木坂春香の秘密⑭（同）
乃木坂春香の秘密⑮（同）
乃木坂春香の秘密⑯（同）

はにかみトライアングル（同）
はにかみトライアングル②（同）
はにかみトライアングル③（同）
はにかみトライアングル④（同）
はにかみトライアングル⑤（同）
はにかみトライアングル⑥（同）
はにかみトライアングル⑦（同）
小春原日和の育成日記（同）
小春原日和の育成日記②（同）
小春原日和の育成日記③（同）
小春原日和の育成日記④（同）
小春原日和の育成日記⑤（同）
花屋敷澄花の聖地巡礼（同）
花屋敷澄花の聖地巡礼②（同）
城ヶ先奈央と電撃文庫作家になるための10のメソッド（同）
続・城ヶ先奈央と電撃文庫作家になるための10のメソッド（同）
城姫クエスト　僕が城主になったわけ（同）
城姫クエスト②　僕と銀杏の心の旅（同）

本書は書き下ろしです。

メディアワークス文庫

ぼくたちのなつやすみ

過去《かこ》と未来《みらい》と、約束《やくそく》の秘密基地《ひみつきち》

五十嵐《いがらし》雄策《ゆうさく》

発行　2015年7月25日　初版発行

発行者　塚田正晃
発行所　株式会社KADOKAWA
〒102-8177　東京都千代田区富士見2-13-3
プロデュース　アスキー・メディアワークス
〒102-8584　東京都千代田区富士見1-8-19
電話03-5216-8399（編集）
電話03-3238-1854（営業）
装丁者　渡辺宏一（有限会社ニイナナニイゴオ）
印刷・製本　加藤製版印刷株式会社

ISBN978-4-04-865319-0 C0193

メディアワークス文庫　http://mwbunko.com/
株式会社KADOKAWA　http://www.kadokawa.co.jp/

本書に対するご意見、ご感想をお寄せください。

あて先
〒102-8584　東京都千代田区富士見1-8-19　アスキー・メディアワークス
メディアワークス文庫編集部
「五十嵐雄策先生」係

佐原菜月
Natsuki Sahara

残念ねーちゃんの捜索願い

【ざんねんねーちゃんのそうさくねがい】

残念な姉に取り憑く謎の声!?
非日常的コメディサスペンス！

美人だけど趣味も性格もどうにもオッサン臭い姉、利津。彼氏に振られた夜に赤提灯で一人酒。冷酒になめろう、愚痴をわめきながら酔いつぶれ、弟に介抱されて家に帰る。

そうして二日酔いで目覚めた朝、姉の中には本当に「オッサン」が棲んでいた！

姉の身体に触れれば、確かに野太い男性の声がテレパシーのように聞こえてくる。幻覚？　二重人格？　それとも悪霊が取り憑いた？　その声の正体を調査していく中で、とある殺人事件との関連が見えてくるのだが……。

イラスト／くじょう

発行●株式会社KADOKAWA　アスキー・メディアワークス